Marc Lepson
Totenfänger

PIPER

Zu diesem Buch

Jack Temple musste wieder daran denken, wie ähnlich sich seine Tochter Sophia und Micaela, die Tote vom Rockkonzert, waren. Beide waren Musikstudentinnen gewesen und hatten nach einem Streit mit den Eltern ein tragisches Ende gefunden – die eine war tot, die andere spurlos verschwunden. Sophia war jünger, aber trotzdem schon sehr eigensinnig gewesen und wollte aufgrund ihres Talents wie eine Erwachsene behandelt werden. Sie hätten beide problemlos derselben Person begegnen können, vielleicht einem Lehrer, einem Hausmeister oder einem Juror der Musikschule. Nachdem Jack wusste, dass Valerie Crawford in der Kirche und Mitglied einer Gebetsgruppe war, gab es sogar eine noch größere Verbindung. Er war lange genug als Polizeireporter tätig gewesen und wusste, dass bei einem Mord oder einer Entführung nur äußerst selten ein Fremder als Täter infrage kam. Viel öfter war es eine nahestehende Person, jemand, der die Termine der Opfer und ihren Geschmack kannte.

Marc Lepson, Jahrgang 1970, hat Kunst, Literaturwissenschaft und Theologie in Florenz studiert. Heute lebt er als Künstler, Taxifahrer und Dozent in Chinatown und unterrichtet an der New School in New York. »Totenfänger« ist sein Romandebüt.

Marc Lepson

TOTENFÄNGER

Thriller

Aus dem Amerikanischen
von Christiane Winkler

PIPER

Mehr über unsere Autoren und Bücher:
www.piper.de

Wenn Ihnen dieser Thriller gefallen hat, schreiben Sie uns unter Nennung des Titels »Totenfänger« an *empfehlungen@piper.de,* und wir empfehlen Ihnen gerne vergleichbare Bücher.

FSC
www.fsc.org
MIX
Papier aus verantwortungsvollen Quellen
FSC® C083411

Deutsche Erstausgabe
ISBN 978-3-492-27499-9
Januar 2020

Titel der amerikanischen Originalausgabe: »Ten«

Redaktion: Friedel Wahren
Umschlaggestaltung: FAVORITBUERO, München
Umschlagabbildung: Ksenia Ivashkevich/Shutterstock.com
Satz: Uhl + Massopust, Aalen
Gesetzt aus der Freight
Druck und Bindung: CPI books GmbH
Printed in the EU

PROLOG

Nur an ihrem rauen Hals merkt sie, dass sie schreit. Ihr Herz hämmert wie wild, die Menge drängelt so heftig, dass sie kaum Luft bekommt, sie fährt mit den Fingern durch das schweißnasse Haar, die Hitze staut sich unter ihrer Jeansjacke; dann wühlt sie sich weiter in die Menschenmenge hinein, alle lechzen nach mehr. Ein Scheinwerfer geht wieder an, die Menge tobt, sie will mehr, Lichtkegel fahren über die verschmutzten Fenster, es wirkt wie ein Feuerwerk. Sie sucht in der Menge nach Lupe. Als das Licht ausgegangen war, war ihr ihre Hand entglitten. Alle hatten ihre Handys herausgeholt, um den Augenblick einzufangen, und sie hatte ihres hochgehalten, um die Menge zu knipsen.

Der Kampf hatte sich gelohnt. Sie hatte ihre Mutter zum Teufel gewünscht, war durch die Hintertür entwischt und im Regen bis zur Fremont Abbey geradelt. Vielleicht würde sie danach ja nie mehr nach Hause zurückkehren und die grauen Tage hinter sich lassen. Vielleicht ging sie auch nur kurz nach Hause, um ihre Geige zu holen. Danach würde sie sich wie neugeboren fühlen. Er streckt die Arme in die Menge hinunter, die Ringe an seinen Fingern glitzern im Scheinwerferlicht, auf seiner Haut glänzt der Schweiß. Er streicht einem Mädchen in der ersten Reihe über die Wange, es greift nach seiner Hand und küsst sie. Die Menge hinter ihr drängt nach vorn. Sie spürt eine starke Hand im Rücken, wendet sich um, versucht zu entkommen und sich der Bühne zu nähern, schwelgt in seiner Wärme und spürt das vertraute Gefühl in sich aufsteigen. Nun steht sie im dichten Gewühl ganz vorn. Von allen Seiten drängen sich die Körper um sie. Ein Mädchen mit glattem schwarzem Haar, das nicht Lupe ist, lehnt sich mit geschlossenen Augen an sie und wiegt sich im Takt. Der Schweiß des Mädchens hinterlässt einen feuchten Fleck, ein prickelndes Gefühl durchfährt sie. Neben ihr steht ein Mann in schwarzem T-Shirt, er riecht süßlich, sie sieht zu ihm auf, in sein Gesicht, er ist älter. Sie lächelt, sie wiegen die Köpfe zum Rhythmus der Musik, sein Blick wirkt entrückt, hingebungsvoll, vertraut. In ihrer Tasche liegt etwas Schweres, Glattes. Sie spürt einen stechenden Schmerz, auch der ist ihr vertraut; wie ein alter Freund. Dann überkommt sie ein warmes Gefühl, es wärmt den ganzen Körper, sie schwankt, das Licht scheint gedämpfter, sie geht wie eine Marionette, deren Fäden durchtrennt wurden, zu Boden. Jetzt ist er weg. Die Menge skandiert, verlangt nach mehr, schwappt wie ein Ozean über sie hinweg und zieht sie in sanften Wellen zu Boden. Und Mercers Stimme singt nur für sie allein.

Singt sie zurück in die tiefschwarze Nacht.

1

Jack Temple öffnete die Augen. Sein Körper zuckte und tauchte beim Klingelton des Aufzugs wieder aus der inneren Dämmerung auf. Sein Gesicht war feucht. Er trank den letzten Schluck Kaffee, warf den Becher in den Mülleimer neben der Sicherheitsschleuse. Als sich die silbernen Türen öffneten, trat er ein und sah auf die Uhr. Sein langer Reporterblock lugte aus der Tasche seines Ledermantels hervor. Er hatte keine Tasche dabei; Schlüssel, Brieftasche und Dienstbuch steckten in seiner Jacke. Temple trug nie einen Aktenkoffer oder sonst etwas bei sich, das seine Beweglichkeit eingeschränkt hätte, und immer Schuhe, mit denen er rennen konnte. Für manche war der Reporterberuf ein Schreibtischjob, für Jack war es wie Speed, und zwar in jeder Hinsicht. Er machte süchtig. Er wollte bei einer Story der Erste sein und sichergehen, dass er gut darüber berichtete. Er wollte das erfahren, was andere nicht wussten. Und das zahlte sich aus. Dafür war ihm der George Polk Award verliehen worden. Hohe Auszeichnung. Preis für Enthüllungsjournalismus. Er hob sich jeden Tag von der Masse ab. Hatte die meisten Klicks auf der Website.

Der Aufzug hielt im zweiten Stock, eine Frau stieg ein.

Sie hatte dunkle Augen, trug einen maßgeschneiderten Nadelstreifenanzug und flache Schuhe. Ihr braunes Haar war kurz, adrett geschnitten und aus der Stirn gekämmt. Eine schlichte Silberkette, an deren Ende sich ein nicht identifizierbarer kleiner Anhänger befand, hing zwischen ihren Brüsten unter der weißen Seidenbluse. Sie lächelte ihm kaum merklich, fast anerkennend zu, wandte sich dann ab und sah geradeaus. Als sich die Fahrstuhltüren öffneten, ging er hinaus, ohne sich noch einmal umzudrehen.

Die Sicherheitsschleuse am Ende des Flurs piepste, er ging unter dem grellen Licht in die Nachrichtenzentrale der *Sun,* die großen Fenster hinter den Schreibtischen gaben den Blick über Seattle frei. Berge und dunkelgrüne Wälder begrenzten die Stadt, dahinter lugte weißes Sonnenlicht durch die Wolken und fiel auf die Bucht des Puget Sound.

Er warf Dienstbuch und Notizblock auf den Schreibtisch, im Großraumbüro gab es keinerlei Privatsphäre. Der Raum war lang und nach allen Seiten offen, die Tische waren zusammengerückt. Einige Meter weiter tippte Lindsey Mathews ihre Kolumne über ganzheitliche Gesundheit herunter, sie hatte sich eine Zigarette hinters Ohr gesteckt, ihr Schreibtisch war mit Imbissboxen und Papierstapeln übersät. Catherine Liberatore saß neben seinem Platz, sie durchwühlte gerade mit einer Hand seinen Schreibtisch, tippte mit der anderen etwas ein und hielt dabei das Telefon zwischen Schulter und Ohr. Sie trug Jeans, ein weißes Leinenhemd und hatte ihre schwarzen Locken mit einem Stift hochgesteckt. Ihre vollen Lippen waren rot geschminkt, hinter ihrer Brille mit schwarzer Fassung wirkten ihre grünen Augen heller als sonst, an ihrer rechten Hand steckte ein Ring mit einem Amethyst.

Jack setzte sich und zog den großen Aktenschrank neben ihr auf. Sie formte mit den Lippen ein Dankeschön und kramte darin, bis sie den Stapel Notizblöcke fand, zwei herauszog und ihm den Daumen hoch zeigte.

Andy Ciezalgos am Tisch gegenüber sah auf und nickte zur Ecke hinüber, wo der Teamfotograf Walter Ellis saß und auf sein Telefon starrte. Ciezalgos verdrehte die Augen. Ellis wirkte ruppiger als sonst. Er war achtundzwanzig, groß und trug meist schwarze Jeans und ein zerknittertes Flanellhemd. Er hatte beide Ohren gepierct. Etwas an dem jungen Kerl war attraktiv und schmuddelig zugleich. Er sieht aus, als hätte er sich seit Tagen nicht rasiert, und wirkt verkatert, dachte Jack. Vielleicht war er aber auch gleich nach einem One-Night-Stand zur Arbeit gekommen. Der Lärm des Scanners, Finger, die auf Tastaturen hämmerten, klingelnde Telefone, ernste, neugierige, schnelle Stimmen der Reporter erfüllten den Raum mit einem wohligen Geräusch, das Jack inzwischen schätzte. Das würde ein guter Tag werden. Er würde sich beschäftigen, in der Arbeit aufgehen und keinen zweiten Gedanken daran verschwenden, welcher Tag heute war.

Er hatte gerade den Beitrag aufgerufen, an dem er zurzeit arbeitete, als Danny Conlan, Verleger der *Sun*, aus seinem verglasten Büro trat.

»Temple, gut. Du bist da. Genau der Mann, den ich sehen wollte«, sagte er.

Conlan war groß und schlank, langbeinig und bereits etwas älter, er hatte dichtes weißes Haar und haselnussbraune Augen.

Conlan reichte Jack einen klebrigen gelben Notizzettel, auf dem eine Adresse stand.

»Was ist das?«

»Unser Vorspann, Schätzchen. Was steht im Bericht über die Fremont Abbey Show gestern Abend?«

»Überdosis, Micaela Crawford, sechzehn, kam tot im Cherry Hill an. Vielleicht fünfzehn Spalten, könnte daraus aber eine Serie über Drogenhandel und Drogentote machen.«

»Bist du sicher, dass es eine Überdosis war?«

Jack zuckte die Achseln. »Bisher gibt es keine Autopsie. Aber ja, schon. Also eine Jugendliche bei einem Rockkonzert? Der Rettungsdienst hat von einer Überdosis Heroin und ein paar Kratzern vom Moshpit gesprochen.« Er betrachtete den klebrigen Zettel. »Was ist das für eine Adresse?«

»Die von Micaela Crawford. Habe gerade mit ihrer Mutter Valerie Crawford telefoniert. Sie behauptet, die Polizei lügt.«

Jack holte Luft. Es war nicht ungewöhnlich, dass Familien von Selbstmördern oder Drogentoten anderswo die Schuld suchten, besonders in den ersten Tagen nach dem Verlust. Das war Jack so vertraut wie sein eigenes Gesicht im Spiegel. Plötzlich fühlte sich der Raum kalt an.

Conlan musterte ihn durchdringend, sein Blick enthielt eine stumme Frage, dann nickte er wie zu sich selbst, als hätte er den richtigen Anruf getätigt. »Okay«, sagte er. »Ich habe ihr gesagt, dass du und Ellis in der kommenden Stunde bei ihr vorbeischaut und mit ihr redet.«

Catherine hatte inzwischen aufgelegt und tippte. Sie blickte weder auf, noch sah sie sich um, sondern sagte nur:

»Ich gehe, Danny.« Dann suchte sie ihre Sachen zusammen.

»Das ist mein Gebiet, Cat«, sagte Jack.

Catherine drehte sich zu ihm und sah ihm in die Augen.

»Bist du sicher, Jack?«, fragte sie.

Er nickte kurz.

»Wenn Valerie Crawford mit jemandem reden sollte, dann mit mir«, erklärte er.

2

»Zum Glück ist es kein Unfall«, sagte Ellis geistesabwesend, wischte mit dem Finger über sein Handy und tippte etwas mit dem Daumen ein. Ellis war die Standleitung der *Sun* zur nationalen Nachrichtenagentur. Fast jedes Foto, das der Kerl schoss, wurde landesweit aufgenommen. Er war ununterbrochen in eigener Sache unterwegs und postete jeden Augenblick seines Lebens. Für Jack wirkte Ellis sogar noch aufgekratzter als sonst. Seit sie sich ins Auto gesetzt hatten, redete er wie ein Wasserfall. Jack musste so ziemlich alles ausblenden, was er sagte. Nun nahm das Riesenbaby den Deckel von seinem Kameraobjektiv und steckte ihn wieder an, das Klicken machte Jack wahnsinnig.

»Ich hasse es, zu Unfällen zu fahren«, sagte Ellis.

»Geht mir genauso«, stimmte Jack zu.

»Ich hasse es, wenn man da ankommt, das Auto in Flammen steht und noch irgendwer drinnen steckt und ans Fenster hämmert. Das mag zwar super für die Titelseite sein, aber irgendwie hasse ich das echt.«

»Irgendwie«, kommentierte Jack trocken und versuchte krampfhaft, nicht hinzuhören.

»Oder Unfälle mit Sattelschleppern. Die sind einfach nur ...« Seine Stimme verebbte, und er ging die Fotos auf seinem Smartphone durch. Dann beugte er sich vor und hielt Jack das Handy unter die Nase. »Schau, hab ich dir das schon gezeigt?«

Jack stieß Ellis' Hand weg. »Ich fahre gerade«, sagte er, konnte es sich aber nicht verkneifen, kurz draufzusehen. »Was ist das?«

»Brianna. Sie ist praktisch das kleinste Mädchen, das ich je getroffen habe. Ich will jemanden finden, der klein ist, weißt du, weil ...«

Falls Ellis noch irgendetwas sagte – Jack hörte ihm nicht mehr zu. Stattdessen konzentrierte er sich auf das Geräusch, das der Regen und die Scheibenwischer verursachten, obwohl irgendetwas in ihm heute auf blauen Himmel gehofft hatte, nicht unbedingt auf ein Wunder, einfach nur auf blauen Himmel. Er linste in den Rückspiegel, ärgerte sich, dass er keine Sicht hatte und es weiterregnete. Ein paar Autos hinter ihm scherte ein weißer Lieferwagen auf die rechte Spur aus.

»Was?«, fragte Ellis und drehte sich auch um. »Bullen?«

Jack schüttelte den Kopf.

Sie hielten vor einer Doppelhaushälfte am Fuß des Tukwila Hill. Die Häuser auf den zaunlosen Parzellen waren alle kittfarben gestrichen, die Hecken ordentlich gestutzt, einfache kleine Mittelklassewagen in der Farbe der Häuser standen vor den Einfahrten. Der Garten vor dem Haus der Crawfords wirkte ungepflegt verwildert und wurde durch einen Maschendrahtzaun eingegrenzt, überall wuchsen Gänseblümchen und Sonnenhut.

»Ich kann im Auto warten«, sagte Ellis. »Draußen ein

paar Aufnahmen machen, Respekt der Privatsphäre und so.«

Jack starrte ihn an. »Mann, Ellis, sie hat angerufen und uns beide zu sich gebeten.« Der Gedanke, Ellis Walter könne ängstlich sein oder sogar moralische Bedenken bei einem Auftrag haben, war unvorstellbar. Er arbeitete seit Teenagerzeiten bei der Zeitung und hatte dann ein Praktikum absolviert. Mit zweiundzwanzig begleitete er die Spurensuche der Polizei auf der Suche nach Leichenschauplätzen des Green River Killers und hatte Fotos gemacht, die einen erfahren Kriegsfotografen das Fürchten gelehrt hätten, als er noch nicht einmal richtig erwachsen war. Nie im Leben ging es Ellis um den Respekt der Privatsphäre.

»Du bist im Dienst«, erinnerte ihn Jack.

Sie rannten im Regen zur Treppe. Jack drückte die Klingel, und kurz bevor sich die Tür öffnete, versuchte er nicht mehr daran zu denken, wo er gerade war. Die Frau in der Tür war ungefähr in seinem Alter, trug ausgewaschene Jeans, dazu ein weißes Oberteil mit U-Boot-Ausschnitt und einen braunen Ledergürtel mit großer Silberschnalle. Ihr ovales, kantiges, pferdeähnliches Gesicht wirkte aufgedunsen, ihre Augen waren schmal und zugeschwollen. Sie hatte sich nur flüchtig das Haar gekämmt.

»Jack Temple, *Seattle Sun*«, sagte er reflexartig. »Dies ist Walter Ellis.«

Sie nickte, dann fiel ihm wieder ihr Name ein.

»Missis Crawford«, sagte er. »Es tut uns leid.«

Ellis zappelte neben ihm und senkte den Kopf.

»Mein Verleger hat mir von Ihrem Anruf heute Morgen erzählt. Ich hoffe, es passt gerade«, sagte Jack.

Die Frau nickte kurz. »Bitte nennen Sie mich Valerie«, sagte sie. Sie trat zur Seite und bedeutete den beiden hereinzukommen.

Jack sah sich um; er befand sich in einer typischen Vorstadtwohnung, in der es nach Raumspray und sauberen Fußböden roch. Es gab einen großen Fernseher und Bücherregale, in denen nur Familienfotos standen. Kopien von Bildern von Andrew Wyeth hingen an den Wänden. Jack hatte gelernt, innerhalb weniger Augenblicke alle Einzelheiten eines Raums in sich aufzunehmen. Um Menschen zu verstehen, musste man auch wissen, womit sie sich umgaben. Als Jack einen Notenständer neben dem Fenster sah, fing sein Herz wie wild an zu pochen. Er vermied es, einen Blick auf den Geigenkoffer zu werfen, der daneben auf dem Boden stand. Ellis hatte ihnen bereits den Rücken zugewandt und fotografierte die Wohnung. Die Sachen, die das Mädchen zurückgelassen hatte. Das Gefühl von Verlust und Trauer war überwältigend.

»Dürfen wir ein paar Fotos machen?«, fragte Jack.

Valerie nickte schnell. Ihr Blick wirkte glasig und niedergeschlagen.

»Danke, dass Sie gekommen sind«, sagte sie. »Ich wollte mit jemandem reden, bevor Micaela durch den Schmutz gezogen wird.«

Jack hörte aufmerksam zu. »Erzählen Sie uns, was passiert ist!«, bat er.

Ihre Stimme klang heiser, als sie die beiden durch das Haus führte. »Es ist einfach nicht möglich, dass mein Kindchen sich gestern Abend eine Überdosis verabreicht hat«, sagte sie. »Unmöglich. Das sage ich Ihnen. Ich weiß genau, was alle sagen, und trotzdem ... es ist nicht möglich.« Er wusste, was sie tat, sie redete, um ihre Gefühle zu unterdrücken, der Redeschwall diente dazu, dass weder Stille noch Gedanken sich ausbreiten konnten.

In der Küche stand eine Kanne Kaffee, sie holte eine Tasse für Jack, ohne ihn zu fragen, ob er Kaffee wollte. Der Autopilot ist eingeschaltet, dachte Jack. Die Küche wirkte so sauber und ordentlich, dass sie vermutlich die ganze Nacht das Haus geputzt hatte. Ellis gesellte sich nicht zu ihnen, Jack hörte aber im Nebenzimmer das Klicken seiner Kamera.

»Ich halte mich nicht für eine dieser überfürsorglichen Mütter, die denken, dass ihr Kind nie etwas anstellt ...« Valerie Crawford errötete. »Nie etwas angestellt hat. Micaela hat Drogen genommen, sie hatte in der Vergangenheit Probleme damit, doch in letzter Zeit war sie nur nach Snapchat und Facebook süchtig.« Sie lachte bitter und unterdrückte einen Seufzer. »Sie war seit über einem Jahr clean. Hatte alle zwölf Schritte gemacht, war bei den Narcotics Anonymous. Nie im Leben wäre sie rückfällig geworden ... Das hier hat nichts mit Drogen zu tun, hier steckt was anderes dahinter.«

Jack hatte seinen Block herausgezogen und schrieb schnell mit. »Und was könnte das Ihrer Meinung nach sein?«, fragte er.

»Ich weiß es nicht«, sagte sie hilflos. »Ich ... ich glaube, es hat mit Mercer zu tun. Sie war schon richtig besessen, würde ich sagen.« Ihre Stimme klang dumpf. Erstaunen und Trauer schwappten mit einem giftigen Unterton zu ihm herüber.

»Wie meinen Sie das?«, fragte er. Den Tod der eigenen

Tochter der Besessenheit durch Dämonen zuzuschreiben war nicht unbedingt etwas für die Öffentlichkeit.

»Besessen«, flüsterte sie.

Jack dachte an die Geige im Wohnzimmer, hörte auf zu schreiben und versuchte, das Gespräch wieder in konkretere Bahnen zu lenken. »Hat Micaela musiziert?«

Bei der Frage rannen Valerie die ersten Tränen über die Wangen. Sie zog ein Taschentuch heraus und wischte sie fort.

»Ja, hat sie«, sagte Valerie. »Seit ihrem vierten Lebensjahr. Sie hat bei der Jr. Philharmonic Geige gespielt und sollte bald bei der USC Thornton School vorspielen, ein vorgezogener Eintritt. Wir haben uns deswegen gestritten ... aber ...«

Jack wurde schwindelig, er hörte das Blut in den Adern rauschen. Valeries Stimme wurde immer leiser, bis es fast nur noch ein Flüstern war. Er holte tief Luft und schüttelte den Gedanken ab. Heute, an genau diesem Tag. Wie konnte ausgerechnet das die Geschichte sein, über die er an diesem Tag berichtete?

»Ich weiß, dass sie keine Überdosis genommen hat«, bekräftigte Valerie. »Sie hat geübt und sich monatelang auf das Vorspielen vorbereitet, das hätte sie nicht einfach so sausen lassen.«

Jack suchte nach tröstenden Worten, doch in Valeries Trauer spiegelte sich seine eigene Wehmut wider. Er wusste, wie kalt Worte klingen konnten und dass Schicksal, Glück und falsche Entscheidungen keinen Unterschied machten. Übung spielte keine Rolle. Gut zu sein spielte keine Rolle. Träume zu haben spielte keine Rolle. Kinder starben bei Konzerten, ehemalige Liebhaber drückten während eines Streits auf den Abzug. Menschen mit glorreicher Zukunft verschwanden und verblassten wie weit entfernte Sterne in der Erinnerung.

Ellis stand in der Tür und sah die beiden an. »Ich wusste nicht, dass sie Musikerin war«, sagte er ruhig.

»Kommen Sie, ich zeige Ihnen etwas«, schlug Valerie vor und blickte Ellis diesmal unverwandt an. Im fahlen Licht, das durch die Fenster fiel, beobachtete Jack, wie der junge Mann plötzlich erblasste.

3

Jack erwartete ein typisches Teenagerzimmer, doch als er von der Tür aus hineinspähte, verschwamm plötzlich alles vor seinen Augen, er konnte kaum mehr erkennen, wo der eine Gegenstand begann und der andere aufhörte. Als er wieder klar sehen konnte, fiel ihm auf, dass das Zimmer überall mit Fotos und Worten übersät war. Sie klebten wie eine riesige Collage an den Wänden oder waren daran festgenagelt worden. Und nicht nur die Wände, auch die Decke, der Schreibtisch, das Bücherregal, das Bettgestell – alles war mit Postern, Zeitungsausschnitten, Fotos aus Zeitschriften und Schnappschüssen von Mercer aus dem Internet bedeckt. Alle sorgfältig geglättet und aneinandergereiht. In der Mitte des Zimmers hing das Poster von *Sonic Cathedral,* Mercers bekanntestem Album. Micaela hatte sogar die Fenster mit Bildern beklebt, sodass sie wie Kirchenfenster aussahen.

Ellis drückte sich an ihm vorbei und knipste systematisch alles, er wirkte wie gelähmt.

Jacks Blick fiel auf etwas an der Wand neben ihm, das ihm bekannt vorkam. Der Titel der Sonntagsausgabe der *Sun* aus der Moderubrik mit einem Foto von Mercer in Lebensgröße, strahlend blaue Augen und dunkellila Schmalztolle, darunter Jacks Signatur. Er hatte den Beitrag vor zwei Jahren verfasst. Nicht gerade das Gebiet, mit dem er sich sonst befasste. Er war für Catherine eingesprungen, die auf Reha war. Auch Ellis war mitgekommen und hatte ganz vorn ein paar Fotos gemacht – von der Band, vom Publikum, Mercer auf der Bühne auf dem Rücken liegend, während die Fans ihm Blumen und Unterwäsche zuwarfen. Jack fragte sich, ob sein Artikel Micaela Crawford für Musik begeistert hatte.

»Sind Sie gläubig?«, fragte Valerie.

»Ich war schon seit Jahren nicht mehr in der Kirche«, gestand Jack. »Sind Sie gläubig, Valerie?«

»Nicht immer ist die Kirche der geeignete Ort, um Gott zu begegnen«, sagte sie. »Ich bin Mitglied eines Bibelkreises. Ich dachte, ich hätte Sie in der Kirche gesehen«, sagte sie. »In der Heavenly Rest. Sie kommen mir so bekannt vor.«

Jack nickte, antwortete aber nicht.

»Ich wollte Micaela mit in die Kirche ... und zum Bibelkreis mitnehmen, aber sie war dagegen. Weil Mercer dagegen war! Seine ganzen Songs über *Gott ist Musik* und *Gott ist Freiheit.* Sie sagte immer, dass das ihre höhere Macht sei.«

»War sie mit Freunden beim Konzert?«, fragte Jack und brachte Valerie zum Thema zurück.

Valerie nickte »Mit Lupe.«

»Lupe?«

»Lupe Barnat. Sie waren seit Jahren befreundet und beide Studenten am Northeast Konservatorium.«

Diese Worte waren zu viel für Jack. Einen Moment lang

schien die Zeit ohne ihn weiterzulaufen. Als sie zurückkehrte, saß er auf Micaelas Bettkante, und auch das Licht im Raum schien sich verändert zu haben, der Regen draußen hatte nachgelassen. Er sah auf seinen Notizblock – wenigstens hatte er weitergeschrieben, während sie geredet hatte.

»...verschlüsselte Botschaften in Mercers Songs und in den Interviews, die sie sammelte«, erwiderte Valerie auf eine Frage, an die er sich nicht mehr erinnerte. »Mercer hat Micaela das angetan. Er hat sie reingezogen und umgebracht! Oder irgendwas hat sie umgebracht. Sie hätte sich niemals mit Drogen das Leben genommen, nicht einmal versehentlich. Ich weiß nicht genau, wie er das angestellt hat oder weshalb. Aber ich bin sicher, dass bei der Autopsie herauskommen wird, dass etwas ganz gewaltig nicht stimmt.«

»Sie haben eine vollständige Autopsie beantragt?«

»Ja. Natürlich.«

Valerie saß in der Mitte des Zimmers ihrer Tochter, umgeben von Postern und Zeitungsausschnitten. Ellis hockte vor ihr, sein Fotoapparat klickte leise.

4

Ellis wirkte abwesend, als sie wieder im Auto saßen. »Und du glaubst, hier gibt es eine Story?«, fragte er. »Also, ich meine, mehr als nur die über den Tod des Mädchens?«

Jack schaute auf die Straße und zurück zur Einfahrt, bevor er den Motor anließ, dann sah er zu Ellis hinüber und zuckte die Achseln. »Ja«, sagte er. »Eine Mutter trauert. Ein Talent musste vorzeitig gehen, ein trauriges Ende nach einem erfolgreichen Drogenentzug. Da gibt es ziemlich viele Storys.«

Diesmal scrollte Ellis nicht wie sonst nach einem Auftrag seine Fotos durch.

»Ich meine, was ist ihrer Meinung nach wohl passiert? Sie gibt Mercer die Schuld, aber wenn keine Drogen im Spiel waren, was sollte es dann gewesen sein?«

»Sie weiß es nicht«, erklärte Jack geduldig. »Und wir auch nicht. Vielleicht liegt sie mit ihrem Bauchgefühl ja richtig. Hier geht es nicht um Besessenheit von Dämonen oder Mercer, aber es gibt gewisse Dinge, auf die niemand achtet. Ich werde die Fakten aus dem Polizeibericht für die heutige Ausgabe übermitteln und morgen an dem Profil arbeiten. Konntest du ein paar gute Aufnahmen machen?«

»Klar«, meinte Ellis. »Soll das ein Witz sein? Bei dem Zimmer?« Er wirkte erschüttert, fast so, als wäre ihm übel.

»Gut. In der Zwischenzeit werde ich Chen im West Precinct anrufen und sehen, was sie noch hat. Dann mache ich mich auf die Suche nach Lupe Barnat, diesem Mädchen, das mit Micaela auf dem Konzert war. Mal sehen, ob sie was genommen haben.«

»Klar, Mann. Ich meine nur, ist das nicht Aufgabe der Cops?«

»Hast du schon mal was von Enthüllungsjournalismus gehört? Rein zufällig?«

»He, ich weiß nicht, wie du das machst!«, rief er und grinste. Sein Handy surrte, er sah auf das Display. »Kannst du mich statt bei der *Sun* beim Pike Place rauslassen? Catherine möchte, dass ich Fotos für dieses Klimawandeldings in der Puget-Sound-Bucht mache.«

»Na klar.« Jack konnte es kaum erwarten, Ellis aus dem Auto zu haben. Er wusste ja selbst nicht, wie er es in dem Zimmer des Mädchens ausgehalten hatte und sich auf die Story konzentrieren konnte, während die Bilder seiner eigenen Tochter so gegenwärtig waren, als stünde sie neben ihm.

Es war fast Mittag, er musste eine Story einreichen, Chen und Lupe befragen. Der nächste Tag war Mittwoch. Er würde sich mit Dean zum Mittagessen treffen, fragen, wie es in der Schule lief. Erleichterung und Dankbarkeit ergriffen Jack, als er an seinen Sohn dachte. Er hoffte, der heutige Tag würde nicht zu hart für den Jungen, ihn nicht entmutigen. Jack hatte den heutigen Tag extra straff durchorganisiert. Fünf Jahre Erfahrung hatten ihn gelehrt, dass es für ihn keinen anderen Weg gab, um ihn zu überstehen. Er musste wieder an Valerie Crawford denken, an den verheerenden Schmerz, der gerade erst eingesetzt hatte. Er dachte daran, dass sie das Kinderzimmer entweder wie einen Schrein hüten oder von allem befreien würde, was ihrem Kind lieb gewesen war.

Doch wenigstens gab es eine Leiche. Wenigstens musste sie sich nicht weiter fragen. Autos fuhren an ihnen vorbei, er merkte sich jedes, das schnell von hinten heranfuhr.

»Alles in Ordnung?«, fragte Ellis.

Jack nickte und fuhr in die Western Avenue.

»Macht es dir was aus, wenn du von hier aus zu Fuß gehst?«, fragte er Ellis. »Mir ist gerade eingefallen, dass ich noch einen Termin habe.«

5

Jack saß in Shorts und schwarzem T-Shirt im Arztzimmer. Sein kräftiger, wohlproportionierter Körper stand unter Spannung, er wartete aufmerksam und besorgt darauf, was der Arzt ihm zu sagen hatte.

»Das MRT ist unauffällig«, sagte Sklar.

Jack spürte, wie sich seine Schultern entspannten.

Dr. Sklar war untersetzt, etwas rundlich und ungefähr zehn Jahre jünger als Jack. Er hatte hellbraunes Haar, das am Oberkopf allmählich dünner wurde. Er trug eine runde Brille mit Drahtgestell, einen gut gestutzten Bart, der um das Kinn herum fast blond war. In der Tasche seines offenen blauen Hemds steckten zwei Stifte, ein kleiner Notizblock und ein Zungenspatel in einer Papierhülle. Ein kleiner tanzender Bär aus Emaille war an der Brusttasche befestigt. Er klappte eine Seite in Jacks Grafik auf und runzelte die Stirn.

»Hilf mir! Wie alt warst du noch mal?«

»Acht«, sagte Jack.

»Acht.« Sklar nickte. »Du musst dich besser um deine Grundbedürfnisse kümmern. Du schläfst zu wenig, isst schlecht und trainierst wie besessen. Trinken hilft auch nicht, genauso wenig wie Rauchen und Sechzehnstundentage.«

»Mit dem Rauchen habe ich aufgehört«, beteuerte Jack.

»Glückwunsch«, sagte Sklar trocken. »Was ist mit der Angst?«

Jack zuckte die Achseln.

»Bist du auf dem Weg hierher über die Brücke gefahren?«

Jack nickte, lachte kurz auf und sah weg. Allein die Frage verursachte ihm Übelkeit. Er wartete darauf, dass Sklar ihm seine monatlich wiederkehrende Frage nach einer Überweisung an einen Psychiater stellte.

»Erinnerst du dich daran, dass du rübergefahren bist?«

»Klar«, antwortete Jack.

»Du weißt, mehr kann ich nicht tun«, sagte Sklar und stöhnte. »Ich kann dich einweisen. Als du noch klein warst, gab es noch keine Therapeuten für Kinder, die das durchgemacht hatten, was du durchgemacht hast. Das Gehirn ist sehr formbar, aber ...«

»Es geht mir gut« sagte Jack.

Ohne hinzusehen, nahm er sein Hemd, fühlte nach den Knöpfen und steckte einen Arm in den Ärmel.

6

Lieutenant Chen reagierte nicht auf seine Anrufe, das war sehr seltsam. In der Nachrichtenzentrale ratterten die Scanner, das knackende Geräusch von Fingern, die auf Tastaturen hämmerten, war zu hören. Conlan eilte neben der Frau mit dem Kurzhaarschnitt, die Jack schon im Aufzug gesehen hatte, durch die Nachrichtenzentrale.

»Temple«, sagte Conlan und blieb vor seinem Schreibtisch stehen. »Das ist Jessica O'Neil, sie kommt frisch vom Praktikum bei Boulder zu uns.«

Die Frau lächelte, streckte ihm ihre Hand entgegen und schüttelte sie kräftig.

»Sie wird erst mal allgemeine Aufgaben übernehmen.«

»Schön, Sie kennenzulernen«, sagte Jessica. Sie machte einen selbstbewussten Eindruck, ihr Blick wirkte wach und intelligent. »Ich bin ein Fan Ihrer Arbeit. Die Serie über Michael Robinson war fantastisch. Wir haben sie an der Journalistenschule durchgenommen.«

»Danke«, sagte Jack, erfreut und verunsichert zugleich, dass der Artikel offensichtlich noch immer zum Lehrmaterial gehörte. »Willkommen an Bord!«

»Temple«, sagte Conan. »Was ist mit der Überdosis?

Ellis hat uns ein paar erstaunliche Fotos von der Mutter des Mädchens im Kinderzimmer rübergeschickt, auf dem sie das Foto ihrer Tochter hält. Das wäre bestimmt eine gute Titelstory. Haben wir genug für einen Vorspann?«

»Noch nicht, außer du willst auf die Tränendrüsen drücken«, erwiderte Jack.

»Gut, fang da an und bohr weiter!«, schlug Conlan vor.

Conlan und Jessica führten ihren Rundgang durch die Nachrichtenzentrale fort, blieben beim Agentur-Redakteur stehen und plauderten mit ihm. Die Frau wirkte viel zu klug für allgemeine Aufgaben, er hatte das Gefühl, dass ihr was Besseres vorschwebte. Er erkannte sofort, wenn jemand ehrgeizig war.

Auch Jack hatte sehr jung und wie Jessica gleich nach dem Praktikum bei der Zeitung angefangen. Damals war nur noch eine Stelle im Presseraum frei gewesen, die hatte er genommen. Sechs Monate später war er Korrespondent, hetzte in der Stadt herum und schrieb auf die Schnelle Geschichten. Es dauerte nicht lange, und er wurde zum Redaktionsmitglied befördert.

Seinen großen Durchbruch als Reporter erlebte Jack, nachdem er einen Artikel über das Gangmitglied Michael Robinson veröffentlicht hatte, der auf Bewährung draußen war. Ein Mann, der wegen bedingt vorsätzlicher Tötung verurteilt worden war, dann sein Leben umgekrempelt und sich getraut hatte, über seine Vergangenheit zu sprechen. Der Artikel war landesweit durch die Medien gegangen. Jack Temple hatte einen Namen und war keine anonyme Referenz mehr. Jack hatte sich bemüht, die Identität des Verbrechers zu schützen, doch irgendwer hatte sie schließlich doch herausgefunden. Zwei Monate später wurde dem ruhigen Leben des Mannes ein brutales Ende gesetzt, man stach ihn in einer Allee nieder. Er war auf der Straße verblutet. Auch hier sollte Jack die Story dazu schreiben.

»Das war nicht deine Schuld«, hatte Conlan damals gesagt. Auch Catherine riet ihm, sich nicht für das Verbrechen anderer die Schuld zu geben. Und so versuchte er keine Zusammenhänge zu sehen, wo es keine gab. Tatsache war aber, dass er vom Tod umgeben zu sein schien wie bei dem jüngsten Mord an Micaela Crawford, der Geschichte, die er über Mercer geschrieben hatte... Ihre Geige in der Ecke, das Studium am Konservatorium, genau wie Sophia.

Er versuchte ein letztes Mal, Chen zu erreichen, dann nahm er seinen Mantel, fuhr zum West Precinct und schnappte sich unterwegs eine Schachtel Dunkin' Donuts für die Kollegen. Er konnte es noch rechtzeitig zur Nachmittagspause schaffen, Kaffee, Zigaretten, Zucker und viele inoffizielle Informationen. Außer der Korinthenkacker Sergeant Scanlan wäre bei ihnen und schikanierte sie.

Als er auf dem Revier ankam, war Chen nicht da, und aus den Uniformierten bekam er lediglich heraus, dass sie gerade mit einer *Sonderaufgabe* betraut worden waren. Dabei fand er noch heraus, dass Sharon Morgan am nächsten Morgen die Autopsie vornehmen würde. Das war immer gut. Jack stieg ins Auto und fuhr zwölf Meilen Umweg, um die Homer Hadley Bridge zu umfahren.

Die Wade's East Side Guns war Schießanlage und Waffenhandel zugleich. So etwas wie die Kombination aus

Bunker und Einkaufszentrum mit Holzweg und Picknicktischen.

Jack parkte in der Nähe des Gebäudes, sah sich auf dem Parkplatz um und warf einen Blick auf die Grünanlagen, dann öffnete er das Handschuhfach und holte seine Brieftasche mit seiner Mitgliedskarte heraus.

Ein übergewichtiger Weißer mit langem Pferdeschwanz und breiten Schultern kassierte, reichte ihm ein Paar knallgrüne Gehörschützer und wies ihn durch eine Tür in einen Gang mit nummerierten schwarzen Betonkäfigen. Es war stickig und laut, ein grünes Licht gab den Weg frei. Er beobachtete die Zielscheiben, Silhouetten aus Papier in Schussrichtung, wie sie von Schüssen durchsiebt wurden. Der dritte Schütze in der Reihe hatte die Zielscheibe dreimal hintereinander ins Herz getroffen. Tödliche Schüsse, die durch dasselbe runde Loch zu gehen schienen. Bis auf das kleine Loch wirkte die Zielscheibe fast unversehrt.

Er lächelte innerlich und ging den Flur entlang. Die dritte Person in der Reihe, da stand sie, ihr langes schwarzes Haar fiel auf ihre makellos weiße Bluse, sie trug Gehörschützer. Da war Chen. Eine Sonderaufgabe also.

Er wartete, bis das Licht rot wurde, sie die Kopfhörer abnahm und die Zielscheibe auf sie zufuhr.

»Netter Schuss«, kommentierte Jack.

Chen drehte sich zu ihm um und lächelte. »Du meinst zehn Schüsse«, sagte sie und ließ den leeren Ladestreifen in ihre Hand fallen. »Temple, was machst du hier?«

»Ich übe mich in Demut«, sagte er und lächelte zurück. Sie musterte ihn nachsichtig. Chen, eine Freundin, um die er sich lange bemüht hatte. Eine Frau, die ihn zuerst verhaftet und später für ihn gekämpft hatte. Eine, die er jeden Tag in der Presse für etwas verantwortlich machen musste. Er überlegte kurz, ob sie das zivile Fahrzeug geschickt hatte, das ihm heute gefolgt war, doch dann schüttelte er den Gedanken ab.

»Irgendwann wird außer mir noch jemand kontrollieren, was es mit der Sonderaufgabe auf sich hat.«

»Ich muss doch in Übung bleiben«, sagte sie und lächelte ironisch.

»Gibt's was Neues im Fall Micaela Crawford?«

Chen betrachtete ihn ehrlich erstaunt. »Ist mir was entgangen? Ein ehemaliger Junkie stirbt an einer Überdosis bei einem Rockkonzert. Mehr haben wir bisher nicht, auch die Gerichtsmedizin hat noch nichts Handfestes für die Presse. Temple, gerade dir sollte es doch wichtig sein, dass nichts Reißerisches daraus wird. Übrigens, alles, was ich hier sage, ist inoffiziell.«

»Für die Mutter ist eine Überdosis ausgeschlossen.«

»Die Mutter braucht Trauerbegleitung«, sagte Chen. »Sie ist Lohnbuchhalterin bei Amazon, keine Ermittlerin oder bei der Gerichtsmedizin. Jack, worüber reden wir eigentlich? Du weißt, dass die Berichte frühestens morgen früh da sind.«

»Ich war gerade bei den Crawfords und hatte irgendwie ein komisches Gefühl.«

»Was ist bloß mit euch Jungs los?«, fragte Chen. »Ellis war heute früh auch schon bei uns und hat die Beamten mit Fragen gelöchert.«

Jack bemühte sich, gelassen dreinzuschauen.

»Der Junge ist streitsüchtig«, sagte Jack.

»Unter uns, der Kerl hat morbide Gelüste«, sagte Chen.

»Er hält sich für Weegee. Diese erste Serie über die Fundorte der toten Mädchen hat ihn wohl verdorben.«

»Verstanden«, meinte Jack. »Ellis ist zwar ein Trottel, aber denkst du, es könnte mehr hinter der Geschichte stecken? Hast du jemanden von der Gerichtsmedizin gebeten, es sich genauer anzusehen? Hast du mit den Freunden des Mädchens gesprochen?«

»Mit Lupe Barnat«, sagte Chen. »Sie ist untröstlich und steht unter Schock.« Chen packte ihre 9-mm-Glock 17 in die Silberschatulle und sperrte sie ab.

»Wusstest du, dass die Mädchen am Northeast Conservatory waren?«, fragte Jack.

»Wusste ich«, antwortete Chen, senkte die Stimme und sah ihm in die Augen. »Hör mal, Jack, ich weiß, das ist schwer für dich, dieser Drang, Muster zu sehen, wo es keine gibt. Das kann einen manchmal überwältigen.«

Er wusste, was ihr Sorgen bereitete. Sie wollte nicht, dass er auf eigene Faust agierte. Doch er hatte genauso große Angst wie sie, falschen Spuren zu folgen. Vielleicht sogar noch mehr als sie. Falls es irgendeine Chance gab, noch einen Fall wie den zu lösen, der sein eigenes Leben zerstört hatte, musste er einen klaren Kopf bewahren.

»Was sagt dein Bauchgefühl?«

»Mein Bauchgefühl sagt, dass es ein Unfall war«, erklärte Chen. »Vergiss nicht, Jack, wir waren hier, als Gary Ridgeway die Frauen am Flussufer ermordete. Ich habe vieles gesehen, das verdächtig aussah, seit er eingebuchtet wurde, das hier gehört nicht dazu. Ich gebe zu, dass sie nicht wie der typische Junkie aussah, allerdings weiß ich auch nicht, ob es den typischen Junkie überhaupt noch gibt.«

Jack begleitete Chen auf den Parkplatz hinaus, majestätische silberweiße Wolken jagten über den Himmel.

»Sagst du mir Bescheid, wenn du was findest?«, fragte Jack.

»Natürlich«, versprach Chen und sah ihn mit ihren intelligenten dunklen Augen an. Ihm fiel auf, dass das alte Misstrauen in ihrem Blick kurz wieder aufflackerte. »Und ich erwarte, dass du dasselbe tust.«

7

Jack fuhr unkonzentriert, er schaltete die Scheibenwischer auf niedrig, aber das Rauschen der Reifen auf dem nassen Asphalt half ihm, Ordnung in seine Gedanken und die vielen Worte zu bringen, die er gehört hatte. Bisher hatte er für seine Story nur das Interview mit Valerie und den Polizeibericht. Micaelas Freundin Lupe hatte bisher nicht auf seine Anrufe reagiert. Und der Autopsiebericht war noch nicht fertig. Jack hatte sogar seine Informanten kontaktiert, alles Dealer, um herauszufinden, ob es irgendwas Neues oder Ungestrecktes auf der Straße gab, das ein Kind umbringen konnte, wenn es eine Zeit lang nichts genommen hatte. Ohne Ergebnis. Er bremste und ließ die anderen Autos vorbei.

Unterschätze nie das Bedürfnis der Leute nach Vergewaltigung, Mord und Diebstahl!, dachte er. Alle wollen von blutgetränkten Teppichen lesen. Emily hatte ihm oft gesagt, er arbeite nur deshalb als Polizeireporter, weil er kompensieren wolle, was die Presse über sein eigenes Leben geschrieben hatte.

Der Verkehr auf der Eastlake staute sich, Nieselregen fiel auf das Auto und die Straße. Jack spähte durch die beschlagenen Fenster und überlegte, wo er eigentlich hinfuhr. Als er in den Rückspiegel sah, entdeckte er wieder einen Lieferwagen, der ihm viel zu dicht folgte. Dann sah er genauer hin und versuchte zu erkennen, ob es dasselbe Fahrzeug war. Fuhr es schon die ganze Zeit hinter ihm her, während er seinen Gedanken nachhing? Spontan bog er auf die Harrison ab, der Lieferwagen fuhr an ihm vorbei. Jack blieb am Straßenrand stehen und wartete eine Weile. Er bemerkte, dass er den Atem angehalten hatte, und lockerte langsam den Griff um das Lenkrad. Dean, dachte er erleichtert. Er hatte eine Verabredung mit Dean.

8

»Hi, Junge!«, sagte Jack. Dean sah auf und lächelte ihn an, dann stand er auf und umarmte seinen Vater, und zum ersten Mal an diesem Tag lächelte Jack.

Dean trug einen schwarzen Kapuzenpulli, der Reißverschluss stand offen, darunter ein gestreiftes enges T-Shirt. Er hatte dichtes rabenschwarzes Haar, das aussah, als wäre es seit der achten Klasse nicht mehr gekämmt worden. Er hatte ein schmales, markantes Gesicht mit einem kantigen Kinn.

»Freundchen, du wirst ja immer breiter. Treibst du Sport?«, fragte Jack.

»Basketball«, erwiderte Dean. »Sam hat in der Turnhalle spontan eine Mannschaft zusammengestellt, ich komme gerade von dort.«

»Klingt gut«, meinte Jack und versuchte sich daran zu erinnern, wer Sam war. »Wie geht's ihm?«

»Du meinst, Sam?«, fragte Dean. »Keine Ahnung, denke mal, es läuft. Er hilft mir bei der Organisation meines Schulwechsels.«

Gut, dachte Jack. Sam war also Schulberater am Seattle Vocational Institute.

Ein Kellner kam an den Tisch, sie bestellten Cheeseburger. Das war Tradition seit den Zeiten, als Jack Dean und seine Schwester am Samstagabend ausgeführt hatte. Damit Emily ein wenig Ruhe hatte.

»Wie geht's deiner Mom?«, fragte Jack.

»Es geht ihr gut«, sagte Dean. Sie warfen sich einen wissenden Blick zu, dann wandte sich Dean einen Moment lang ab. »Gestern war kein guter Tag. Für niemanden. Aber ... na ja, also, Mom geht es gut. Sie hat wieder angefangen zu laufen. Sie und Randy machen bei *Habitat for Humanity* mit. Und er hat zu Hause einen neuen Bibelkreis.«

Deans Stimme klang ähnlich wie die von Jack, es war beinahe verwirrend ihm zuzuhören. Sie hatte einen tiefen, vollen und warmen Klang, nur dass Dean ein wenig lispelte.

»Bibelkreis, o Gott!«, stöhnte Jack.

»Genau«, lachte Dean.

Jack rührte in seinem Getränk und dachte darüber nach, was Emily wohl an Randy fand, mal abgesehen von regelmäßigen Arbeitszeiten und der Tatsache, dass er die Welt einfach nahm, wie sie war. Ein Schatten huschte am Rand seines Blickfeldes vorbei und überdeckte kurz den Schein einer Lichterkette, die im Eingangsbereich um eine Säule gewickelt war. Er fokussierte sich wieder.

»Alles okay?«, fragte Dean.

»Ja, alles gut. Bin nur müde, mehr nicht.«

»He!«, rief Dean plötzlich. »Also ... ich wollte dir sagen, dass ich mein Hauptfach gewählt habe. Halt dich fest – Uhrmacher! Was hältst du davon?«

Jack wusste nicht genau, ob er richtig gehört hatte. »Uhrmacher?«

»Genau«, sagte Dean beschwingt. »In der Schule gibt es einen Kurs – mit Zertifikat zum Uhrmachermeister. Sehr cool. Ein ganzes Jahr lang lerne ich erst mal Feinwerkmechanik. In ganz Amerika gibt es nur drei vergleichbare Kurse.«

»Und wie lautet dann deine Qualifikation?«, fragte Jack und dachte erst, sein Sohn würde scherzen. »Uhrmachermeister?«

»Ja, Spezialist für die Herstellung oder Reparatur von Uhren. Man lernt auch, wie die Teile zusammengesetzt werden. Diese kleinen Stahlfedern und Getriebe in Messinggehäusen, die alle bis auf Hundertstelmillimeter zusammenpassen«, sagte Dean mit leuchtenden Augen, und Jack war glücklich, seinen Sohn nach Jahren so fröhlich zu erleben und diesen beseelten Ton in seiner Stimme zu hören.

Der Junge war einmal Klassenbester gewesen, lernte gern, half nach dem Unterricht in der Schule aus, war Mitglied im Debattierklub, im Theaterklub, im Matheteam. Als dann vor fünf Jahren Sophia verschwand, verlor er nicht nur eine Schwester, sondern auch seine Eltern, die nicht in der Lage waren, auf ihn einzugehen, ihn ohne Angst oder Trauer im Blick anzusehen. Jack war über Sophias Verlust am Boden zerstört, und dazu kam noch das Gefühl, dass er Dean nicht gerecht wurde.

Die Polizei hatte ihr Haus durchsucht und unzählige Fragen gestellt, während Dean um seine Schwester trauerte und ständig versuchte, Jack und Emily zu gefallen und alles zu tun, damit sie wieder aus ihrer Benommenheit auftauchten, ihn einfach nur wahrnahmen und ihm halfen. Er malte ihnen Bilder und überreichte ihnen Geschenke, so wie er das als kleines Kind getan hatte.

Jack dachte mit großer Trauer daran, wie der Junge nach Sophias Verschwinden eines Nachts in ihr Schlafzimmer kam, nachdem er monatelang wie betäubt Frohsinn und Lebensfreude vorgetäuscht hatte.

»Ich weiß jetzt, dass Sophia und ich aus demselben Holz geschnitzt sind. Ihr beide seid jeweils nur eine Hälfte von ihr. Aber ich ...« Dann versagte dem Jungen die Stimme. »Sie und ich ... sind wie Spiegelbilder. Wir sind ... das unterschiedliche Ergebnis ein und derselben Sache. Wenn ich also ... dort draußen wäre, würde ich alles daransetzen, um wieder nach Hause zu kommen.«

Und während er bitterlich weinte, hatte Emily den großen und kräftigen Teenager auf den Schoß und in die Arme genommen. Jack konnte ihn kaum ansehen.

Dean hatte sich nicht zum College angemeldet, sondern war lieber in der Nähe seines Zuhauses geblieben. Seine Berufswahl hingegen blieb weiterhin ungewiss. Einmal wollte er Ingenieur werden, dann Dramaturg, dann wieder Senator. Er ging auf die Berufsschule in Seattle und arbeitete nebenbei auf der Laderampe von Fed Ex. Vielleicht war sein neu gewecktes Interesse für das Uhrmacherhandwerk sein persönlicher Weg zurück zu alten Sehnsüchten.

Jack lächelte liebevoll und schob Dean sein zweites Getränk hinüber. Der Junge lächelte zurück und nippte daran.

»Glückwunsch, dass du dich für ein Hauptfach entschieden hast«, sagte Jack. »Das ist gar nicht so leicht.«

Jack überlegte, ob Dean ihm als nachträgliches Geschenk für Sophias gestrigen Geburtstag von der Uhrmacherei erzählt hatte. Um ihm zu zeigen, dass das Leben weiterging, dass es auch gut war, dass sie alle an dem Tag nicht trauern sollten. Manchmal hatte er das Gefühl, als sprengte die Liebe, die er für den Jungen empfand, ihm schier die Brust. »Wie hoch ist die Gebühr?«, fragte Jack.

»Keine Sorge!«, antwortete Dean und nippte schnell an Jacks Getränk. »Randy hilft mir.«

Jack sagte nichts darauf. Er bemühte sich, den Gedanken, dass Randy die Schulgebühren seines Sohnes zahlte, nicht als verletzend zu empfinden. Er senkte den Blick und entdeckte etwas in seinem Blickfeld, drehte sich um und sah die Gestalt von vorhin, die mit dem Gesicht ihnen zugewandt an der Bar saß. Jetzt war er sicher, dass sie schon die ganze Zeit beobachtet wurden.

Mit einem Schlag drang der Lärm des Restaurants plötzlich wieder an Jacks Ohr, ähnlich wie ein Radio, das in einem stillen Raum eingeschaltet wird. Der Mann, der sie beobachtet hatte, war gegangen, das Restaurant war voll. Ihre Gläser waren leer, die Teller abgeräumt. Er versuchte sich an das Gespräch zu erinnern und hatte das Gefühl, zu schweben, sich selbst und Dean von oben zu betrachten.

»Du hast recht«, hörte er Dean sagen. »Das ist ein guter Rat, Dad. Ich denke, das werde ich tun.«

»Gern geschehen«, sagte Jack, hatte aber keine Ahnung, was er gesagt oder womit er möglicherweise recht gehabt hatte.

9

Nervös tippte Jack etwas ein und ging noch einmal die Notizen durch, die er sich während der Interviews mit Valerie Crawford gemacht hatte. Er hatte sich nach dem Abendessen von Dean verabschiedet und ihm eine gute Nacht gewünscht, war dann zur *Sun* zurückgekehrt und schnurstracks an seinen Schreibtisch geeilt. Die meisten Kollegen hatten bereits vor Stunden das Büro verlassen, nur Catherine beugte sich noch über eine Reihe von Aktenschränken und hielt einen gelben Marker in der Hand. Neben ihr auf dem Boden lag ein dicker Ordner, dessen Seiten lose heraushingen und mit Anmerkungen übersät waren. Sie sah nur kurz auf. »Temple, was zum Teufel machst du hier?«, fragte sie. »Du bist besessen.«

Er hatte noch immer nichts von Lupe gehört, der Freundin des Mädchens. Dafür ließ ihn Valerie Crawfords Aussage nicht mehr los, ihre Tochter sei facebooksüchtig gewesen. Er hatte nach Micaelas Facebook-Account gesucht, bisher aber nichts entdeckt, vermutlich weil sie ein Privatkonto hatte. Daraufhin hatte er ihre Mutter angerufen und um mehr Hinweise gebeten, doch auch das hatte nichts ergeben.

Er loggte sich erneut bei Facebook ein und durchsuchte eine lange Liste von Crawfords. Nichts. Vielleicht hatte sie tatsächlich ein privates Konto, auch wenn Jack das für unwahrscheinlich hielt. Er tippte den Namen Mercer ein und fand eine noch viel längere Liste von Fanseiten. Er klickte ein paar davon an, entdeckte aber nicht viel. Nur Links auf weitere Profile und Instagramkonten. Enthusiastische Beschreibungen von Fans, die ihn gesichtet hatten. Sogar Bilder des Konzerts in Fremont Abbey waren darunter, aber auf keinem war Micaela zu sehen. Jack spürte die Last des vergangenen Tages auf seinen Schultern. Eine wohlige Müdigkeit kroch ihm in die Knochen, als er auf einen Account mit dem Namen MC Mercer klickte.

Und da war er. Micaelas Account. Er fand Fotos von ihr mit Geige sowie Konzertdaten für das Jr. Philharmonic. Es gab Fotos von ihr mit einem Mädchen, vermutlich Lupe, auf denen sie Mercer-T-Shirts trugen und vor der Kamera posierten. Ihre Timeline füllte sich bereits mit Kondolenz- und Liebesbekundungen von Freunden. Oder eher gesagt von Fremden, dachte er zynisch. Das Publikum gierte nach guten Tragödien, damit es sich in gottesfürchtiger Trauer üben konnte. Er scrollte alles durch und kontrollierte, ob es vor dem Tod vielleicht irgendwelche Nachrichten von Lupe gab, fand aber nichts. Lupe war auf ein paar Fotos getagt, aber die Links dazu funktionierten nicht.

Er scrollte noch weiter und entdeckte schließlich unter einer Flut von Bildern ein Konzertvideo aus Fremont Abbey. Bingo! Nach der Uhrzeit des Posts und dem Bericht der Notaufnahme zu urteilen, wurde das Video direkt von ihrem Handy und eine Viertelstunde vor ihrem Tod hochgeladen. Jack klickte es an, Gekreische und verzerrte Musik erfüllten den Nachrichtenraum. Die Bilder waren dunkel, es war kaum etwas zu erkennen. Auf dem Video waren Blitze der Discokugel sowie die Beine der Band zu sehen, dann ein Mädchen, das nach Mercers Ärmel griff. Micaela schien eine ruhige Hand zu haben und sich der Bühne zu nähern. Nun sah man auch deutlich die Bilder der Musiker unter dem grellen Scheinwerferlicht. Plötzlich wirbelte das Video herum, Micaelas Gesicht war zu sehen, sie tanzte zur Musik und nahm sich dabei selbst auf. Hinter ihr tanzten andere, sie waren aber nur schlecht zu erkennen. Micaela wirkte erstaunlich nüchtern. Wenn überhaupt, hatte sie Speed eingeworfen. Sie lachte. Hielt das Handy hoch und schaute direkt hinein. Die Auflösung war schlecht. Dann sah Jack den Hals und die Schultern einer Person, die in ihrer Nähe stand. Plötzlich blickte Micaela zu Boden, der Winkel der Kamera änderte sich, es machte *bumm*. Trotz der Schreie und der lauten Musik hörte Jack, wie ihr Körper auf dem Boden aufschlug. Danach waren nur noch Beine und Füße zu sehen, Schleifgeräusche und Gezerre zu hören. Etwas Helles, Verschwommenes kam ins Bild, vermutlich ihr Arm, ihr Haar. Unscharfe Aufnahmen ihrer Finger, die plötzlich in den Fokus rückten und am Handy herumfummelten, danach nichts mehr.

Der Zeitstempel war wohl kurz ausgeschaltet worden. Jack stellte fest, dass es keinerlei Hinweise auf Drogenmissbrauch gab. Vielleicht war es nicht unmöglich, in der Menge zu konsumieren, dachte Jack. Aber die Wahrscheinlichkeit, dass sie sich einen Schuss setzte, während sie ein Handy hielt und dazu tanzte, schien äußerst gering zu sein. Etwas stimmte nicht, entweder der Todeszeitpunkt, die Dosis oder...

Schnell zog er eine Kopie des Videos und sicherte sie auf seinem Desktop.

Das änderte alles.

Valerie Crawford hatte recht. Hinter dieser Geschichte steckte mehr. Falls Lieutenant Chen das gesehen hatte, dann hatte sie es erst einmal für sich behalten. Er rief sie auf dem Handy an. Es war 22:48 Uhr, und wenn ihr Tag so wie seiner gewesen war, dann war sie noch wach.

»Temple, ist das dein Ernst?«

»Arbeitest du?«

Sie zögerte. »Ja«, gab sie zu.

»Na gut. Auf welcher Seite ist die Einstichstelle bei Micaela Crawford?«

»Jack, wir können bisher noch nichts zuordnen.«

»Inoffiziell.«

»Hinten an einem Bein gibt es einen Fleck, aber bisher steht nicht fest, ob es das ist. Sie hat auch noch andere Prellungen, das musst du aber mit Sharon abklären.«

»Nicht gerade der ideale Ort, um sich einen Schuss zu setzen. Hat sie vielleicht geschnupft?«

»Auf keinen Fall, aber auch das ist inoffiziell. Im Ernst, Temple, kann das nicht bis morgen warten? Wir sehen uns doch sowieso in... sieben Stunden.«

»Micaelas Facebook-Account«, sagte er. »Hast du mal einen Blick darauf geworfen?«

»MC Mercer? Na klar.«

»Meinst du, die Aufnahmezeiten sind korrekt? Jetzt mal offiziell, Amy, ja oder nein?«

»Es gibt keinen Grund, daran zu zweifeln.«

»Ändert das deinen Ansatz, was den Tod betrifft?«

»Nein, tut es nicht.«

»Großartig«, sagte Jack. »Danke!« Das reichte ihm, zusammen mit dem Video war es genug für einen Scoop. Und was für einen.

»Temple«, sagte Chen, »hau dich endlich aufs Ohr!«

Jack tippte den Rest seines Artikels herunter und merkte, dass Catherine ihm über die Schulter lugte. »He, Killer«, fragte sie, »Lust, zum *Dockside* zu gehen?«

Er zögerte und überlegte, sie beobachtete ihn.

»Und mich dann zurückzubringen?«, fragte sie. »Ich habe noch ein paar Problemchen zu lösen und noch nichts gegessen.«

»Klar«, stimmte er zu.

Catherine Liberatore hatte die direkte, freche und glückliche Verhaltensweise einer Person, die immer bekam, was sie wollte. Als sie bei der Zeitung anfing, ging sie ganz offen mit Jack in Konkurrenz. Sie behielt bei allem den Überblick, nicht nur bei ihren eigenen Geschichten, und war im Verfassen von Folgeartikeln unschlagbar. Sie hatte keine Kinder und mehr Liebhaber als die meisten Menschen warme Mahlzeiten. Männer, die begeistert von einer Frau waren, die keine Verpflichtungen wollte, bis sie begriffen, wie ernst es ihr damit war. An Weihnachten, wenn die meisten in der Nachrichtenzentrale Schokolade und Geschenkgutscheine bekamen, hinterließ ihr der heimliche Nikolaus Kondome.

Sie brüllte gerade vor Lachen darüber im *Dockside* und erzählte ihm, wie gelegen sie ihr bei der Weihnachtsfeier kamen.

»War diese Feier vor oder nach dem großen Besäufnis?«, fragte Jack.

»Davor«, erklärte sie. »Weißt du noch, als ich am Neujahrstag zur Arbeit musste, um den Artikel über die Gala im *Space Needle* zu schreiben?«, fragte Catherine.

»Du musstest?«

»Du weißt schon, was ich meine«, sagte sie, senkte belustigt den Blick und nippte an ihrem Selters. Das Licht spiegelte sich im Ring ihrer rechten Hand.

Jack lachte. »Wir bekommen nur an Thanksgiving, Weihnachten und Neujahr frei. Und das ist ein Feiertag zu viel für dich.«

»Das sagt genau der Richtige. Wie dem auch sei, das war, als ich noch trank... ich meine, ich war total fertig. Eine Kombination aus Kater und immer noch betrunken. Nichts gegessen. Dehydriert. Ich allein im ganzen Gebäude. Und aus irgendeinem verdammten Grund hatte jemand das Wasser abgedreht, der Wasserspender funktionierte nicht, die Wasserhähne im Klo auch nicht... es gab also nirgends Wasser. Alles war abgeriegelt, es gab nur den Automaten unten. Ich habe also alle Schreibtischschubladen nach Kleingeld durchsucht, um mir eine Flasche Wasser zu kaufen. Bin runtergegangen, habe einen Dollar fünfzig in Vierteldollars und Fünf-Cent-Münzen eingeworfen und zugesehen, wie die kleine Spirale sich drehte, die Flasche herausschob und dann hängen blieb. Ich wäre fast gestorben. Weißt du, ich konnte es kaum erwarten, das Wasser war alles, was ich brauchte, um den Tag zu überleben. Und die beschissene Spirale blieb auf halbem Weg stecken. Die Flasche kippte und verklemmte sich mit der Öffnung an der Scheibe des Automaten. Nichts. Der

Automat war kaputt. Ich hatte meine letzten Münzen eingeworfen. Das Herz rutschte mir in die Hose.«

Sie und Jack mussten so lachen, dass er Magenschmerzen bekam. Catherines Lachen war laut und aufdringlich, jeder kannte es im *Dockside*.

»Ich hämmerte an die Glasscheibe, wollte die Flasche losrütteln. Mir kamen die Tränen, kann ich dir sagen. Dann musste ich meine Bemühungen, das tausend Pfund schwere Monstrum umzukippen, kurz unterbrechen. Nur für einen Moment, weißt du? Ich widme mich einer Sache nur einen Moment lang... und dann übergab ich mich. Aber ich war tapfer, sehr tapfer, sprang auf, versuchte den Automaten oben zu packen und nach vorn zu kippen. Und das alles, nachdem ich einen Artikel über den Typen geschrieben hatte, der vom Automaten im Eingang eines Walmarts erdrückt worden war.«

»Ich dachte, das sei passiert, weil er auf einer unebenen Fläche gestanden hatte.«

»Siehst du? Ich kann mich immer noch daran erinnern. Wie dem auch sei. Also, das war mein letztes Besäufnis. Am Ende schlief ich unten neben dem Automaten ein. Am nächsten Morgen kam Conlan runter und sagte nur: ›Cat, wenn du alles abgegeben hast, gehst du auf Entzug.‹«

»Wenn du alles abgegeben hast«, sagte Jack und lachte.

»Genau.« Catherine nickte, lachte und biss noch einmal von ihrem Burger ab. »Ziemlich altmodisch, Conlan. Dann hat man mich nach Sunspire geschickt.«

»Sunspire?«

»Die verdammte Klinik hieß Sunspire.« Sie setzte ihr albernes Grinsen auf, hob ihr Glas mit Selters und prostete. »Ich muss sagen, die haben wirklich hervorragende

Arbeit geleistet. Ich konnte es kaum erwarten, zur Arbeit zurückzukehren. Wie dem auch sei, genug von mir, wie geht es dir, Jack? Ich mache mir Sorgen.«

»Warum?« Einen Moment lang wollte Jack ihr erzählen, dass er verfolgt wurde, wagte es aber schließlich doch nicht.

Er sah gerade noch rechtzeitig von seinem Glas Whiskey auf und zog es weg, als ein Mann in gebügelten Jeans und Tweedjacke heranwankte und mit seiner Hand mitten auf den Tisch schlug.

»Sorry, Leute!«, lallte er. Er hatte lockiges helles Haar und ein jungenhaftes, pummeliges Gesicht. »Hast du ... äh, also, 'tschuldigung. Ich meine ... Jack! Cat! Verdammt noch mal, wie geht es euch?«

»Anderson!«, stöhnte Cat auf. »Weißt du, was wir hier gerade machen? Wir un-ter-halten uns. Ich unterhalte mich mit Jack. Wir sind nicht zwei Leichen in der Leichenhalle, die rumsitzen und sich dein Gesabber anhören.«

Jack grinste und wartete darauf, dass Catherine ihm körperliches Leid androhte. Er kannte Thom Anderson seit seiner Kindheit und wusste, dass er oft an den merkwürdigsten Orten auftauchte, auch wenn das *Dockside* vertrautes Gebiet war.

Anderson hob die Arme, streckte die Hände vor, schenkte Catherine ein entwaffnendes Lächeln, zwinkerte Jack zu und torkelte davon.

»Kommst du mit dieser Geschichte von Micaela Crawford klar?«, fragte Catherine, als wären sie nie unterbrochen worden. Ihr Blick wirkte nun nicht mehr fröhlich. »Autopsieberichte, Recherche in sozialen Medien?«

»Ja, Catherine, ich bin Polizeireporter, und ja, ich komme damit klar. Was willst du damit sagen?«

»Ich will damit sagen, dass eine Geschichte über eine junge Violinistin, die nach einem Streit abhaut und ein böses Ende nimmt, vielleicht nicht unbedingt eine Geschichte ist, mit der du dich befassen solltest. Hör zu, Jack, ich weiß, dass du stabil genug bist. Und ich weiß, dass du und ich es sind und der Rest kommen und gehen kann. Aber glaubst du wirklich, dass du dich damit befassen solltest?«

Das sollte er nicht nur, das musste er sogar. Er durfte sich von den eigenen Erlebnissen nicht lähmen lassen, und er war mehr als jeder andere in der Nachrichtenzentrale motiviert, seine Artikel gut zu schreiben. Nicht so wie die nach Sophias Verschwinden.

»Warum? Will Conlan die Story jemand anders übertragen? Der Neuen vielleicht?«

»Wem, Jessica? Ich bin sicher, wenn er eine Nachfolge plant, dann die für Ciezalgos. Der Kerl hat in drei Jahren keine einzige Story rechtzeitig fertig gekriegt.«

»Hat Conlan versucht, sie Ellis zu geben?«

»Wie bitte?« Sie starrte ihn aufrichtig verblüfft an. »Ellis? Leidest du jetzt wieder an Verfolgungswahn?«

Catherine war die Einzige, der Jack jemals von Sophia erzählt hatte. Ein Viertel der Zeitungsausschnitte und Fälle, die er in seinen Ablageboxen archiviert hatte, stammten von ihr. Sie wurden ihm wortlos am Morgen oder Abend überreicht, er erhielt nachts Links zugemailt. Sie hatte ihn nie mit Worten getröstet, ihn nie – so wie andere – verachtend angesehen, als er wieder zurückkehrte und Vollzeit arbeiten wollte. Sie hatte ihn in den ersten Tagen auf dem Parkplatz im Auto sitzen und weinen sehen und niemals so getan, als sähe sie es nicht. Einmal hatte sie an sein Fenster geklopft und ihm einen Becher Kaffee aus dem Feinkostladen gegenüber gereicht. »Ich decke dich, für den Fall, dass du früher gehen willst«, hatte sie gesagt. Und sie hatte ihn noch nie zuvor gefragt, ob er an einer Geschichte arbeiten sollte oder nicht.

»Was hat der Arzt gestern gesagt?«, fragte sie.

»Hör zu, Cat, danke, dass du dir Gedanken machst, aber ...«

»Temple, du bist stark. Ich wollte nur ...«

»Ich bringe Micaelas Geschichte nicht mit der von Sophia in Verbindung«, beteuerte er. »Ehrlich nicht. Ich mache nur, was ihre Mutter gesagt hat, und folge allen Hinweisen. Herrgott, Cat, ich mache einfach meine Arbeit!«

Catherine nickte, ihr besorgter Blick wirkte nun erleichtert und respektvoll. »Sehr gut«, sagte sie. Er sah zu der großen Uhr hinüber, die über dem Tresen hing. Die römischen Zahlen darauf zeigten ihm an, dass sie schon viel zu lange unterwegs waren.

»Begleitest du mich zurück?«, fragte Catherine, und ihr Blick erinnerte ihn an die verletzliche Frau, die sich unter der schnoddrigen Oberfläche verbarg.

»Klar«, sagte er. »Natürlich.«

10

Jack schüttelte die Regentropfen von seiner Jacke, hängte sie an den Haken und verriegelte die Tür. Er fuhr sich mit der Hand durch das feuchte Haar, wischte sich in der Küche das Gesicht mit einem Handtuch ab, machte dann das Licht an und schenkte sich einen Drink ein.

Er nahm dankbar ein paar Schlucke. Er wusste, dass er ins Bett gehen sollte. Trat stattdessen an seinen Schrank, griff mühelos auf das oberste Regal und holte eine Pappschachtel herunter. Es hätte ihn nicht beruhigen sollen. Tat es aber. Vor allem, nachdem er den Artikel geschrieben hatte. Das Interview mit Micaelas Mutter ging ihm immer noch nicht aus dem Kopf.

Er nahm den Deckel von der Schachtel und holte Audiodateien von Sophias letztem Auftritt heraus. Dvořáks Serenade für Streicher in E-Dur. Der Klang war großartig. Als stünde sie neben ihm im Zimmer. Durch die Musik, die Kraft, die Koordination ihrer Hand auf dem Bogen hatte er das Gefühl, sie lachen zu hören.

Er nahm einen Ordner mit ihren Konzertprogrammen und war da, saß in der Aula der Schule. Sah zu, hörte zu. Emily saß neben ihm.

Seine Hände gingen die Schnappschüsse durch – Sophia mit gekreuzten Beinen auf dem Rasen vor dem Haus, sie und Dean am Spielplatz auf den Schaukeln, Sophia schwang hoch oben. Mit breitem Lachen. Offen.

Dann endlich der Ordner mit den Zeitungsausschnitten. Hatte er vielleicht ein Detail übersehen? Etwas, das er nicht zusammengefügt hatte? Er setzte sich aufs Sofa und vertiefte sich in die Ausschnitte, die Fotos, die falschen Hinweise. Er las noch einmal die Geschichte zu seiner eigenen Verhaftung.

Nichts hatte man jemals gefunden, nur die Geige in einem Straßengraben. Er spürte ihn wieder, den Augenblick, als er sie sah, als sich das erste Mal eine Faust um sein Herz schloss.

11

Jack wachte vor Sonnenaufgang mit dem Kopf auf dem Tisch auf, ringsum lagen Sophias Sachen und vergilbte Zeitungsartikel. Er achtete nicht auf das Pochen in seinem Kopf, wusch sich in der Küche das Gesicht mit kaltem Wasser, öffnete die Haustür und spähte in die klare Dämmerung hinaus.

Draußen vor der Wohnung war niemand im taufrischen Morgen zu sehen; die Nachbarschaft schlief noch. Der Gehsteig unter Jacks Sohlen fühlte sich kalt und hart an. Er schnürte seine Turnschuhe zu, zog die Kapuze über den Kopf und lief los. Nach etwa einer Meile erhöhte er das Tempo und spürte, wie sein Körper allmählich lockerer wurde. Er rannte die leichte Steigung des First Hill hinauf und geriet am Oberkörper gleichmäßig ins Schwitzen. Das T-Shirt klebte ihm am feuchten Leib. Er atmete gleichmäßig und tief. Langsam klärten sich seine Gedanken, er ging noch einmal alle Einzelheiten zu Micaela Crawfords Tod durch.

Im grau gekachelten Flur des State Police Department war es ruhig, nur seine eignen Schritte hallten von den Wänden wider. Die Berichte im Wachbuch betrafen häusliche Gewalt, Trunkenheit am Steuer und Rauschgiftbesitz, nichts, worüber Micaela Crawfords Mutter gesprochen hatte.

Nach einer kurzen Plauderei mit den Beamten fuhr er zur *Sun* am alten Zeitungsgebäude vorbei, das in seiner Baufälligkeit und mit Graffiti besprüht farbenfroh in den Himmel prangte. Über dem Puget Sound ging die Sonne auf. Jack setzte seine Pilotenbrille auf. Er war angetan von seinem Bericht vom Vortag und dem Handyvideo. Zum ersten Mal seit Langem spürte er so etwas wie Hoffnung. Er hatte die Gelegenheit, tiefer in die Geschichte einzusteigen, es wartete alles auf ihn, das spürte er.

Im Eingangsbereich kam ihm Ciezalgos entgegen. Er trug einen Karton mit Akten, Unterlagen und Reporterblöcken auf den Armen und starrte ihn völlig verstört an. Catherines Vorhersage hatte sich nur allzu rasch bewahrheitet.

»Alles okay?«, fragte Jack.

»Ich bin gerade gefeuert worden«, sagte er. »Diese verdammte Praktikantin, die Conlan da angeschleppt hat ... sie hat gestern zwei Artikel geschrieben, einer davon ist heute auf der Titelseite.«

»O Mann!«, stöhnte Jack. »Sie hätte doch allgemeine Aufgaben übernehmen sollen.«

»Genau, na ja, ich denke mal, sie hat das ziemlich großzügig ausgelegt. Macht keinen guten Eindruck, wenn eine Achtundzwanzigjährige an ihrem ersten Arbeitstag eine Geschichte aus deinem Bereich an die Öffentlichkeit bringt. Aber, Conlan ... also ehrlich. Der ist auch kein bisschen kollegial.«

»Kann ich irgendwas für dich tun?«

Ciezalgos lachte bitter, nahm den Karton unter einen Arm und schüttelte Jack herzlich die Hand. »War schön, mit dir zu arbeiten, Temple. Na dann, viel Glück hier drin!«

Als Jack aus dem Aufzug trat, schlug ihm das summende Geräusch der Nachrichtenzentrale entgegen. Am Schreibtisch ihm gegenüber saß tatsächlich Jessica O'Neil. Ganz in ihrem Element tippte sie eifrig in die Tasten. Die anderen Reporter wandten den Blick ab, als er hereinkam, ganz offensichtlich hatte er etwas verpasst.

Er wollte sich gerade hinsetzen, da streckte Conlan den Kopf aus dem Büro.

»Temple, komm mal!«

Conlans Büro war ein einziges Chaos. Neben seinem Computer stapelten sich einen halben Meter hoch Zeitungen, auf dem Boden lagerten weitere Stapel. In einem Bücherregal stand ein Foto von Muhammad Ali, der grimmig vor der Kamera posierte, daneben lagen Päckchen mit Nicoretten-Kaugummis. Das normale Szenario.

Sobald sich Jack gesetzt hatte, ließ Conlan die Rollos an der großen Scheibe herunter, die sie von der Nachrichtenzentrale trennte, sodass sie niemand mehr sehen konnte.

»Was gibt's, Danny?«

»Sag du es mir!«, antwortete Conlan und musterte ihn aus intelligent funkelnden Augen. Er nahm einen Korrekturabzug vom Schreibtisch und hielt ihn hoch. »Was zum Teufel soll dieser Quatsch? Ich habe dich gestern losgeschickt, damit du einen handfesten Vorspann lieferst, und du bringst irgendeine Verschwörungstheorie, die noch dazu an einem seidenen Faden hängt.«

Jack war über diese Reaktion tatsächlich schockiert.

»Das Video ...«

»Ich habe das Video bekommen und es mir fünfmal angesehen. Es beweist, verdammt noch mal, gar nichts, und wir stellen es auch nicht auf unsere Website. Der Artikel ist so schräg wie der Turm von Pisa.«

»Danny! Mein Bauchgefühl sagt mir, dass es keine Überdosis war. Dachtest du das nicht auch im ersten Moment? Ich warte noch auf ein Interview mit einer Zeugin ...«

»Und ich warte auf eine brauchbare Story. Auf keinen Fall schüre ich die Angst vor einem Killer oder verbreite sensationelle News. Diese Stadt hatte in den vergangenen zehn Jahren schon genug schreckliche Ereignisse zu verkraften, und die Hälfte der Bevölkerung leidet sowieso schon an Verfolgungswahn. Meine Frau ist inzwischen schon so schlimm wie Liberatore, sie verlässt kaum noch alleine das Haus. Das ist zwar nachvollziehbar, aber ich trage sicher nicht dazu bei, dass die Leute noch mehr Angst haben, als sie sowieso schon empfinden. *The Sun* handelt nicht mit Angst.«

Jack schüttelte den Kopf und bemühte sich, nicht wütend zu werden. Conlan hatte nur sehr selten seine Einschätzung in diesen Dingen infrage gestellt und ihm immer den Rücken gestärkt.

»Hör zu!«, fuhr Conlan fort. »Es war keine gute Entscheidung, dich mit der Sache zu betrauen.«

»Danny, das ist mein Job, verdammt noch mal. Du hast mich nicht betraut, es ist mein Job.«

»Also gut, dann entziehe ich dir den Auftrag wieder.«

»Was?«

»Ich entziehe dir den Fall. Gib deine Aufzeichnungen an Jessica, du kannst ihr ja mit Hintergrundinformationen helfen, aber du bist zu sehr in die Sache involviert. Deine Berichterstattung ist nicht das, was du sonst lieferst, sondern nachlässig. Du solltest dich dafür bei mir bedanken.«

»Einen Teufel werde ich tun!«, fauchte Jack. »Du setzt ein Kind an einen Fall, der sich als Topstory über einen Serienkiller entpuppen könnte.«

Conlan betrachtete ihn mitleidig. »Jessica ist kein Kind mehr, und hier geht es auch nicht um einen Serienkiller, Temple. Es geht um eine Überdosis. Das ist eine wichtige Geschichte mitten aus dem Leben. Und falls es doch um einen Serienmörder geht, müssen wir vorsichtig vorgehen, mit der Polizei zusammenarbeiten. Und das kann ich hier nicht erkennen.«

»Wann habe ich mich jemals geirrt, Danny? Nein, schau her! Schau mich an, wann habe ich mich je geirrt?«

Conlan schwieg.

»Gib mir eine Woche!«, verlangte Jack. »Wenn ich bis dahin nicht beweisen kann, dass es Mord war, soll das Kind die Geschichte schreiben. Ich gebe ja zu, dass mir der Fall vielleicht zu nahegeht, aber genau deshalb will ich ihn aufklären.«

Conlan senkte den Blick und musterte dann wieder Jack mit seinen kalten haselnussbraunen Augen. »Eine Woche«, stimmte er zu. »Und der nächste Artikel, den du schreibst, ist wasserdicht.«

In der Nachrichtenzentrale taten alle so, als hätten sie nicht gelauscht. Lindsey Mathews wirkte schrecklich verkatert und sah ihn sorgenvoll und mitfühlend an. Walter Ellis stand in der Nähe von Ciezalgos früherem Schreibtisch, an dem jetzt Jessica saß, ging seine Fotos durch und bemühte sich ganz offensichtlich, ihr behilflich zu sein.

Catherine, die auf ihre ungestüme Art mit ihren Fallakten im Arm und einer Tasse Kaffee in die Stille des Raums platzte, musterte Jack aufmerksam. Er wusste, dass sie auf dem Weg zur Arbeit Red Bull trank.

»Hab ich was verpasst?«, fragte sie mit belegter Stimme.

Jack hob die Brauen und sah zu Jessica hinüber.

»Oh«, machte Catherine und sah sich suchend nach Ciezalgos um. »Hab ich doch gesagt.«

»Falls mich irgendwer brauchen sollte«, sagte Jack, zog trotzig den Reißverschluss seiner Jacke zu und steckte einen Notizblock in die Tasche. »Ich bin in der Rechtsmedizin.«

12

Mit einem rasselnden Geräusch schwang die Flügeltür auf, und der Raum füllte sich mit gleißend hellem Licht. Als Jack wieder einigermaßen sehen konnte, lag vor ihm auf dem Edelstahltisch Micaelas Leiche. Es durchfuhr ihn kurz, als er sie so vor sich liegen sah. Sie war im strengen Sinn kein Kind mehr, aber auch noch nicht richtig erwachsen. Ihr Gesicht war regungslos und wirkte friedlich, ihre blasse Haut überzogen eine Reihe schwarzer Nähte, als hätte man eine Puppe mit dicken Lederriemen wieder zusammengeflickt. Ein steriles Tuch bedeckte die Mitte ihres Körpers, ihre Beine waren nackt und zeigten überall Prellungen.

»Die Prellungen sind ziemlich ausgeprägt, entweder hervorgerufen durch den Fall oder das Getrampel der Menge«, hörte er Sharon Morgans klare, dunkle Stimme. Die Chefpathologin des King County im Bundesstaat Washington war ein brillanter Kopf, groß und dunkelhäutig. Sie trug eine viereckige Brille mit schwarzer Fassung. Sie hatte ein bestimmtes, sachliches Auftreten und erwies für gewöhnlich keine Gefälligkeiten wie jetzt bei Jack.

»Aber das hier«, sagte sie und wies mit einem Finger, der in einem Handschuh steckte, in die Nähe des rechten Knies. »Sieht aus, als hätte sie hier den Schuss gesetzt.«

»Wie kann sich jemand mitten in der Menge einen Schuss ins Knie setzen?«, fragte Jack.

»Das ist keine so ungewöhnliche Stelle für einen erfahrenen Junkie«, sagte Sharon.

»Und wie steht es mit einer Fünfzehnjährigen?«

»Das eine schließt das andere doch nicht aus.«

Die Glastüren öffneten sich wieder, und Thom Andersons vertraute Gestalt kam herein. Er brachte einen Stapel Unterlagen mit. Der Assistent der Pathologie warf Jack einen verschwörerischen Blick zu und wandte sich dann an seine Chefin.

»Hab die falsche DNA-Probe zurückgebracht«, sagte er und reichte ihr die Unterlagen.

Sharon warf einen kurzen Blick darauf und gab sie ihm zurück. »Crawford, Micaela R«, erklärte Sharon.

Anderson bückte sich, schüttelte, verwirrt über den falschen Namen auf den Unterlagen, den Kopf und verließ den Raum.

»Kommt das oft vor?«, fragte Jack und witterte bereits eine neue Geschichte, eine ganze Kaskade neuer Geschichten über die Inkompetenz dieses Mannes.

»Eher ein nicht so gängiges Ärgernis«, sagte Sharon. »Sein Großvater war Gründer der gerichtsmedizinischen Abteilung, du weißt schon.« Sie zwinkerte ihm zu. »Seilschaften ... aber er ist trotzdem ein netter Junge.«

Jack nickte und wandte den Blick von Micaelas Leichnam auf dem Tisch ab. Irgendetwas an dem Ort war ihm vertraut, als wäre er zuvor schon einmal hier gewesen.

Als er den Kopf wieder hob, bemerkte er, dass Sharon ihn besorgt ansah.

»Ich weiß, dass du ganz genau hinschaust«, sagte Sharon. »Wir machen weitere Tests, ich gebe dir Bescheid.« Ihr Tonfall war freundlich, hatte aber etwas Endgültiges. Sie brachte ihn zur Tür.

»Es ist tragisch, Jack«, sagte sie. »Aber nichts weist bisher auf einen Mord hin.«

13

Auf dem Krankenhausparkplatz beobachtete Jack den Verkehr. Ein Krankenwagen fuhr ein. Zwei Sanitäter sprangen heraus und eilten zur Notaufnahme. Jack erinnerte sich, wie er Sharon Morgan kennengelernt hatte. Sie absolvierte mit Emily die vormedizinische Ausbildung, Jack kannte sie, seit sie zwanzig war; ein fleißiges Mädchen mit einem etwas makabren Sinn für Humor, das gern zu Popmusik der Achtziger tanzte. Jetzt war sie für das gerichtsmedizinische Institut verantwortlich und wollte Jack weismachen, dass er Geister jagte.

Die Sanitäter kamen wieder heraus. Einer zündete sich eine Zigarette an, während der andere gestikulierte, lachte und eine Geschichte zu Ende erzählte, mit der er drinnen begonnen hatte. Jack musste an Emilys Lächeln denken, an ihre ebenmäßigen kleinen Zähne und die gekräuselten Lippen. Und plötzlich hatte er das dringende Verlangen, ihre Stimme zu hören und sich zu vergewissern, dass alles in Ordnung und sie noch da war. Er rief sie zu Hause auf dem Festnetz an.

Randy ging dran, sein voller Bariton dröhnte durch das Telefon, und Jack bemühte sich, nicht zusammenzuzucken.

»Hi, Randy!«, sagte Jack. »Ist Em da?«

Randys Stimme wurde noch etwas weicher. »Jack, Mann, wie geht's dir?«

»Gut«, antwortete Jack und konnte seine Abneigung nur mühsam verbergen. »Abgabetermine, Nachbearbeitungen, Schlaf und das Ganze wieder von vorn.«

Randy lachte. »Emily würde sicher gern mit dir sprechen, aber kann das nicht warten? Sie will es heute etwas ruhiger angehen lassen, bevor sie sich fertig macht. Ihr letzter Rettungseinsatz war anstrengend.«

»Ich muss mit ihr über einiges reden«, sagte Jack und versuchte seine Ungeduld zu verbergen.

Im Hintergrund hörte er, wie Emily fragte, wer am Telefon sei.

»Randy, bitte gib sie mir, das wäre wirklich nett!«

»Du weißt doch, wie schwer es für sie ist, einen freien Tag herauszuschinden.«

»Emily kann auf sich selbst aufpassen, Randy. Bitte, gib sie mir einfach kurz!«

Bevor Jack den Satz beenden konnte, hörte er Emilys vertraute Stimme. Sie war noch immer die beste Freundin, die er hatte, und dass er sie enttäuscht hatte, schwang unterschwellig noch immer mit.

»Hi, JT! Was gibt's?«

»Hi«, sagte er und war erleichtert, ihre Stimme zu hören. »Ich habe gerade Sharon Morgan gesehen.«

»Shari!«, rief Emily. »Wir verschieben dauernd unsere Treffen auf einen Kaffee. Wie geht es ihr?«

»Gut. Ja, es geht ihr gut.«

»Alles in Ordnung?«

»Ja. Hör mal, ich habe mit unserem Sohn zu Abend

gegessen, er scheint von seinem neuen Kurs begeistert zu sein.«

»Ja, Uhrmacherhandwerk«, bestätigte Emily. »Also, es scheint ihm richtig Spaß zu machen. Auf so einen Bereich wäre ich nie gekommen. Ich glaube, Sam hat eine ähnliche Ausbildung gemacht, als er jünger war, und ihn ermutigt. Es ist schön zu sehen, dass er wieder begeistert zur Schule geht.«

»Ja, ich hatte zwar gehofft, dass er sich wieder eingehender mit Ingenieurwesen beschäftigt, aber das ist doch schon mal ein Anfang«, meinte Jack. Sein Herzschlag beruhigte sich wieder, und er fühlte sich zunehmend wohl bei der Unterhaltung. »Vielleicht wird er im Uhrmacherhandwerk Klassenbester.«

»Klassenbester zu werden ist auch nicht alles. Hauptsache, er ist glücklich.«

»Ich weiß«, sagte Jack. »Du hast ja recht. Er sah wirklich gut aus, Em. Hör mal, ich würde gern sein Schulgeld bezahlen. Dean hat erzählt, dass Randy dafür aufkommt, aber als sein Vater übernähme ich das sehr gern selbst.«

»Das ist rührend von dir, JT. Aber mach dir keine Gedanken, wir haben das schon erledigt.«

»Gut, dann erstatte ich es dir«, erklärte er bestimmt und sprach dann schnell weiter, damit sie nicht widersprechen konnte. »Randy hat erwähnt, dass du eine ziemlich harte Schicht hattest.«

»Verrückte Woche«, sagte sie. »Für uns beide, nehme ich an. Ich habe deinen Ausschnitt im Wachbuch gesehen.«

»Hast du Micaela Crawford abgeholt?«, fragte Jack, und bei dem Gedanken, dass Emily die Leiche des Mädchens gesehen hatte, schnürte es ihm den Magen zusammen.

»Ich war die Erste vor Ort«, berichtete sie. »Du weißt, wie es mir geht.« Beim Klang ihrer festen Stimme fand Jack in die Unterhaltung zurück. »Schmales Mädchen, für eine Überdosis war nicht viel nötig.«

»Glaubst du, die hat sie sich selbst verpasst?«

Das Schweigen am anderen Ende der Leitung traf ihn härter als jede ausführliche Erklärung.

»Ja«, sagte sie schließlich. »Selbst verpasst.«

»Hast du in der Nähe Nadeln oder Besteck gefunden?«, fragte Jack, balancierte seinen Notizblock auf dem Lenkrad und ging nicht auf ihren förmlichen Ton ein.

»Nein«, antwortete Emily, und ihre Stimme klang zunehmend kühler. »Sie ist vermutlich zusammengebrochen, als das Konzert seinen Höhepunkt erreicht hatte. Die anderen Jugendlichen haben nicht auf sie geachtet, bis das Konzert zu Ende war und wir ihr nicht mehr helfen konnten, als wir kamen. Bis auf ihre Freundin und den Sicherheitsdienst waren alle gegangen. Selbst mit Naloxon ließ sie sich nicht mehr zurückholen. Es war zu spät. Vermutlich hatte sie ja etwas genommen, das mit Fentanyl gestreckt war. Es muss sie hart und schnell getroffen haben.«

Dem folgte wieder ein kurzer Moment des Schweigens. »Sehr tragisch«, fuhr Emily fort. »Hast du noch irgendwas über den Polizeibericht hinaus herausgefunden?« Ihre Stimme wurde wieder wärmer.

»Nein. Sharons Bericht ist noch nicht raus. Und Chen hat auch nichts Neues.« Vor seinem inneren Auge zog das Zimmer des Mädchens vorbei, doch er brachte es nicht über sich, es Emily zu beschreiben. Sie würde noch früh genug aus der Zeitung davon erfahren.

»War irgendwas an dem Notruf anders als sonst?«, fragte Jack.

Sie zögerte erneut. »Nicht unbedingt«, erwiderte sie schließlich. »Ach ja ... sie hatte einen Stein in der Tasche ihrer Jeansjacke, so etwas wie einen Briefbeschwerer. Ich weiß nicht, warum, aber irgendwie schien er eine besondere Bedeutung für sie zu haben. Vielleicht wollte sie ihn aber auch nur auf jemanden oder etwas werfen, ich weiß es nicht. Das ist reine Spekulation. Nichts für die Nachrichten, verstanden?«

»Verstanden«, versicherte er ihr.

»Es ist traurig, dass jemand so jung ...« Ihre Stimme verstummte allmählich, und Erinnerungen an Sophie packten Jack. Der Duft ihres Melonen-Lipgloss. Der saubere Heu-Duft ihres Shampoos. Ihre Hände auf dem Geigenbogen, die abgekauten Fingernägel, ihr Gesicht, das vor Freude strahlte, wenn sie übte, ihr eiserner Wille. Und ihr Lachen – der laute, ungestüme Klang hallte noch immer in seinem Herzen nach.

»Kinder machen Fehler«, sagte Emily. »Hör zu, JT, ich würde mich gern noch ein paar Stunden ausruhen. Wir können uns bei unserem Treffen später weiter unterhalten. Ich hoffe, du hast eine Karte besorgt.«

Angestrengt dachte Jack darüber nach, warum er sich später mit Emily treffen würde und weshalb er eine Karte brauchte. »Ich bin noch nicht dazu gekommen«, sagte er.

»Wir sollten uns besser darum kümmern. Barb hat mir gerade ein Foto von Jules geschickt. Kaum zu glauben, dass sie schon zwölf ist.«

Richtig. Jules. Emilys Nichte, das Patenkind von beiden. Sie wurde heute konfirmiert.

»Ich weiß«, sagte er. »Erinnerst du dich, dass sie immer Sophias Haar bürsten wollte?«

»Du meinst bwürsten?«, sagte Emily.

Beide lachten, und die Anspannung wich. Jack musste daran denken, wie Jules als Kleinkind Sophia mit einer kleinen Plastikbürste hinterherrannte und ihr auf die Nerven ging. »Um wie viel Uhr soll ich da sein?«

»Gegen Mittag«, sagte Emily, in ihrer Stimme klang noch immer das Lachen nach. »Ach, übrigens, Pfarrer Donny hat schon gefragt, wann du dich wieder in der Kirche blicken lässt.«

Jack lächelte. »Warum? Damit er sich damit brüsten kann, dass er im Onlinepoker gewinnt?«

»Das ist doch nur für wohltätige Zwecke«, zitierte Emily Pfarrer Donny.

»Man sagt, Poker hält den Geist jung«, spottete Jack. Er freute sich, den alten Pfarrer wiederzusehen.

»Danke, dass du angerufen hast«, sagte Emily. »Ich freue mich wirklich, dich zu sehen.«

Jack legte auf, lehnte sich auf seinem Sitz zurück und überlegte seine weiteren Schritte, während er die vorbeifahrenden Autos beobachtete.

14

»Werdet ihr nach den Lehren der Apostel in der religiösen Gemeinschaft leben, beten und das Brot brechen?« Die Stimme des Bischofs hallte durch das Kirchenschiff. Er hatte ein rosiges Gesicht und trug einen aufwendig verzierten Talar mit Goldfransen.

»Ja, mit Gottes Hilfe«, antworteten die Kinder.

Jack war zu spät gekommen, weil er eine Umleitung über die South Michigan nehmen musste, also hatte er den Hintereingang genutzt. Er setzte sich neben Dean auf die Bank und tätschelte dem Jungen das Knie.

»Werdet ihr euch dem Bösen entgegenstellen und, wann immer ihr in Sünde fallt, zum Herrn zurückkehren?«, ertönte die leichte, angenehme Stimme des begleitenden Pfarrers.

»Ja, mit Gottes Hilfe.«

Jack wandte den Blick von Jules in ihrem weißen Kleidchen ab und beobachtete aufmerksam den Pfarrer. Er tendierte zur Glatze, doch sein Körperbau verriet, dass er einmal ein Athlet gewesen war – breiter Nacken, breite Schultern und ein dicker Bauch, der sich unter dem weißen Talar wölbte. Wenn er lächelte, wirkte das auf Jack wie eine wohlige Dusche aus den dichten Wolken der Erinnerung. Es war Pfarrer Donny. Warum bloß hatte er ihn nicht gleich erkannt? Die letzten Haare auf seinem Kopf waren fast ganz weiß, und er trug eine Brille mit breitem schwarzem Rand. Pfarrer Donny zu sehen weckte Erinnerungen an Kindertage in Jack, vor allem an das Verständnis, das der Pfarrer damals für ihn gehabt hatte. Als er verletzt und völlig fassungslos im Krankenhaus gelegen hatte, umgeben von Blumen, Plüschtieren und Genesungswünschen, hatte Donny ihm einen Block, einen Stift und eine Kassette von *The Ramones* für seinen Walkman vorbeigebracht. »Ich kann mir vorstellen, dass du viel Interessantes zum Aufschreiben hast«, hatte er gesagt.

»Wie fühlst du dich?«, fragte Emily, und die Kirchenbank knarrte, als sie sich zu ihm herüberbeugte.

Am liebsten hätte Jack losgeheult. Das letzte Mal hatten sie bei Sophias Konfirmation hier zusammengesessen.

Emily musterte ihn durchdringend. Als einziger Mensch auf der Welt wusste sie, wie er sich fühlte. Dean saß zwischen ihnen, sie streckte ihren Arm über ihn aus, nahm Jacks Hand und drückte sie. Er hätte sie am liebsten festgehalten. Er spürte ihre Wärme, die beiden hielten einander Händchen, während ihr erwachsener Sohn zwischen ihnen saß. Er atmete tief durch und war wieder in der Lage, sich zu konzentrieren.

»Bevor ich es vergesse«, flüsterte er, griff in seine Tasche, zog einen gefalteten Scheck heraus und überreichte ihn ihr. Die Bank ächzte ein wenig, als auch Randy sich vorbeugte, um zu sehen, was los war. Dann schüttelte er ungläubig den Kopf und schloss die Augen.

»Nicht im Haus Gottes«, hörte Jack ihn fast unhörbar murmeln.

»Nein, bitte behalt ihn, Jack, das passt schon«, flüsterte Emily. Sie nahmen nichts von ihm an, selbst dann nicht, wenn er es ihnen schuldete, doch gütig fühlte sich das nicht an. Er steckte den Scheck in die Tasche zurück und sah dann wieder in die erwartungsvollen Gesichter der jüngsten Gemeindemitglieder in ihren kleinen Anzügen und Kleidchen. Ein blasser Mann mit grauem Pulli, der in der ersten Reihe saß, drehte sich um, blickte in die Gemeinde und dann zum Eingang. Zuerst dachte Jack, dass der Mann nach jemandem Ausschau hielt, der zu spät gekommen war, und drehte sich ebenfalls um. Doch als er sich wieder nach vorn wandte, schien der Mann ihn oder auch Dean unverwandt anzusehen. Er starrte sie förmlich an und lächelte ihnen freundlich zu, als hätte er sie wiedererkannt.

Die Atmosphäre in der Kirche wurde heiter und ausgelassen. Jack nahm die Stimmen ringsum wie das leise Summen eines Bienenschwarms oder das Geräusch von Lastern wahr, die über nassen Asphalt fuhren. Als er wieder zu sich kam, war die Zeremonie bereits vorbei, und er fand sich zwischen den Familien der Konfirmanden im Eingangsbereich der Kirche wieder. Er stand neben Randy, Emily befand sich ihnen gegenüber und lächelte. Dean hatte inzwischen die Krawatte abgenommen und den ersten Knopf seines Hemds geöffnet.

»Wir wollten es dir nur sagen, falls du Interesse hast«, sagte Emily.

»Ja«, sagte Jack und suchte nach dem Faden der Unterhaltung. »Danke!«

»Es ist besser, wenn wir uns bei uns zu Hause treffen«, sagte Randy. »Für die Leute ist es einfach angenehmer.« Für Jack hörten sich die Worte seltsam an.

Sprachen sie von einem Bridgeclub? Jack bedauerte, dem Gespräch und dessen Inhalt nicht mehr Aufmerksamkeit geschenkt zu haben. Wäre er zur Berichterstattung unterwegs gewesen, hätte er sich wenigsten reflexartig Notizen gemacht und später darauf zurückgreifen können. Doch nun musste er auf weitere Informationen warten.

»Weißt du, Valerie Crawford kommt schon eine ganze Weile«, sagte Emily und sah Jack an. Der Name rüttelte ihn wach, und besorgt überlegte er, ob er vielleicht zu sehr abgedriftet war.

»Sehr regelmäßig sogar«, fügte Randy hinzu.

Jack traf die doppelte Erkenntnis wie ein Schlag. Gebetsgruppe. Micaelas Mom war Mitglied ihrer Gebetsgruppe, und jetzt wollten sie, dass auch er käme.

»War sie seit Micaelas ...?«

»Ja, war sie«, fiel ihm Randy hastig ins Wort. »Mithilfe der Gruppe konnte sie verstehen, dass Gott Micaela vergeben würde, auch wenn sie vom Weg abgekommen war. Das war rührend mitzuerleben.«

Während Randy sprach, sah Jack zu Emily hinüber. Sie glaubte doch niemals an so etwas! Nie im Leben hätte sie es akzeptiert, dass ein Kind Schuld an seinem eigenen Tod hatte. Randys langweiliges, gelassenes Gesicht mochte vielleicht eine beruhigende Wirkung haben, und er wirkte größer und kräftiger als je zuvor. Dennoch war er noch immer ein Abklatsch des Jugendlichen, den sie noch vom College her kannten. Der Anzug und die Krawatte, die er trug, schienen ihm auf den Leib geschneidert zu sein. Trotzdem sah er damit aus wie ein billiger Hausierer. Wie konnte ihr ein solcher Mann Trost spenden? Wie konnte er Jack ersetzen?

Jack wollte nichts wie weg von der Heavenly Rest und zurück an seine Arbeit. Er hatte vor, noch einmal zur Fremont Abbey und an den Schauplatz zurückzukehren, um den richtigen Ton für seine ausführliche Geschichte zu finden. Nie im Leben würde er den Artikel Jessica überlassen. Außerdem musste er mit Lupe reden. Er musste unbedingt ihre Aussage bekommen.

Jack wollte gerade gehen, als ein Lächeln Deans Gesicht erhellte. »Sam!«, sagte er und winkte jemandem in der Menge am Kircheneingang zu. Es war der Mann im grauen Pulli. Im Stehen sah Jack, dass der Mann gut gebaut war. Er hatte grau meliertes dunkles Haar und trug schicke dunkelblaue Jeans. Er winkte und kam näher.

»Das ist mein Betreuer«, sagte Dean.

Sam bahnte sich seinen Weg durch die Menge, schüttelte Dean herzlich die Hand und klopfte ihm mit der anderen Hand auf die Schulter.

»Hi, Kumpel, was machst du hier?«

»Meine Cousine wurde konfirmiert.«

»Genau wie mein Neffe, kein Witz«, sagte Sam und deutete zur Kirche und einer Gruppe unruhig zappelnder Jungs hinüber, die ihre Jacketts ausgezogen hatten und in verknitterten Hemden dastanden.

»Das ist mein Dad Jack«, sagte Dean.

Sam ergriff Jacks Hand und drückte sie freundlich und fest. Er roch nach Rum und würzigem Aftershave. »Schön, Sie kennenzulernen. Ich würde Ihnen gern meine Schwester vorstellen, aber irgendwie ist sie mir abhandengekommen.«

Jack lächelte. »Dean hat mir viel von Ihnen erzählt«, sagte er.

»Sein Jahr läuft großartig«, versicherte ihm Sam.

»Außerdem hat Ihr Junge die spontane Basketballliga gerettet«, sagte Sam and wandte sich an Emily.

Emily strahlte.

»Schön, dich zu sehen«, sagte Sam zu Randy, was Jack sehr überraschte.

»Dich auch, Mann«, sagte Randy. »Wir haben dich letzte Woche bei der Gebetsstunde vermisst.«

»Nächste Woche bin ich wieder dabei«, versprach Sam.

Jack fühlte sich langsam überflüssig.

Draußen vor der Kirche donnerte es, Jules kam in ihrem weißen Kleid durch den Eingang gerannt. Ihr Haar war vom Regen nass, ein anderes Mädchen jagte ihr hinterher. Sie rutschte mit ihren schicken Schuhen aus und lächelte unbeschwert wie jemand, der einen Test bestanden hat. »Hi, Tante Emily! Hallo, Onkel Jack und Onkel Randy!«, rief sie und hüpfte an ihnen vorbei.

Pfarrer Donny stand bei den großen Flügeltüren und sah den Mädchen zu, dann entdeckte er Jack und kam auf ihn zu.

»Jack«, sagte Pfarrer Donny, schüttelte ihm die Hand und sah ihn fragend an. »Wie zum Teufel geht es dir?«

Jack lachte über den zwanglosen Fluch, während Donny sich zu Emily hinunterbeugte und sie auf die Wange küsste. Unter allen Leuten, die ringsum standen, war Pfarrer Donny wohl der am wenigsten Gottesfürchtige. Er war ein überzeugter Verfechter von Reformen. Als junger Pfarrer um die zwanzig rauchte und fluchte Donny und trug im Sommer T-Shirts mit AC/DC-Aufdruck, wenn sie auf dem Platz bei der Kirche Ball spielten. Donny predigte die Befreiungstheologie, kümmerte sich um die Armen, war bekennender Kriegsgegner und für die Gleichberechtigung der Frauen. Pfarrer Donny hatte mit seiner Coolness vermutlich mehr Kinder überzeugt als alle Predigten und Missionierungsversuche zusammen.

»Alles in Ordnung«, sagte Jack. Randy und Sam sahen auf und begrüßten Pfarrer Donny ebenfalls. Dann legte Jack eine Hand auf die starke Schulter des Pfarrers.

»Es ist Jahre her«, sagte Pfarrer Donny. »Komm ein Stück mit mir!«

Jack folgte Pfarrer Donny zum grauen Licht im Eingangsbereich, Sprühregen wehte durch die massiven Kirchentüren herein.

»Ich liebe solche Tage, an denen ich neue Kirchenmitglieder willkommen heiße und mich vergewissere, dass Gott sie beschützt«, sagte Donny.

»Wenn du mich damit auffordern willst, auch zur Messe zu kommen, muss ich dir leider sagen, dass ich das Limit religiöser Ratschläge bereits erreicht habe«, sagte Jack.

»Alles klar«, stimmte Donny zu und warf Jack einen vielsagenden Blick zu. »Du weißt, ich missioniere nicht. Vielleicht brauche ich ja nur jemanden, mit dem ich ein Bier trinken kann. Hier geht es um Freunde, die für einander da sind. Freunde, die sich kennen. Deine Sorgen sind meine Sorgen.«

Jack murmelte etwas Unverbindliches. »Du änderst dich wohl nie, Jack«, lachte Pfarrer Donny.

»Ich habe nicht das Gefühl, dass es mir an Unterstützung fehlt«, meinte Jack. »Außerdem bezweifle ich, dass die Kirche einen Kerl wie mich braucht.« Er lachte unwillkürlich. »Ich arbeite gerade an einer größeren Geschichte. Keine Ahnung, wann ich wieder die Gelegenheit habe ...«

»Ich weiß, dass du sehr beschäftigt bist«, sagte Donny. »Ich lese Zeitung. Lass uns im *Dockside* mal was trinken gehen, dann musst du nur raus aus der Zentrale und die Straße überqueren. Fish and Chips, am Freitag. Was meinst du?«

Jack lächelte. »Ich meine ... dass du noch nie ein Nein als Antwort akzeptiert hast.«

»Das ist also ein Ja?«

»Ist es«, lenkte Jack gutmütig ein.

»Komm!«, sagte Donny. »Ich habe einen Schirm im Büro. Ich bringe dich zum Auto.«

15

Der Regen hatte die Nebenstraße überschwemmt, auf einem großen Schild blinkte die Aufschrift *Umleitung*. Der einzige Weg zur Fremont Abbey führte jetzt nur über die Aurora Bridge.

Jack fuhr die Rampe hinauf, als wäre alles in bester Ordnung, und spürte dann, dass er flach atmete und ihm der Schweiß ausbrach. Er fuhr an den Straßenrand und hielt an. Die Autos rasten an ihm vorbei und hupten. Er stellte die Warnblinkanlage an und versuchte durchzuatmen. Aber was, wenn das keine Panikattacke war? Wenn er einen Herzinfarkt hatte und ihn für eine Panikattacke hielt, in Wirklichkeit aber starb?

Wenn dem so war, musste er schnurstracks ins Krankenhaus. Er versuchte, ruhiger zu atmen, umklammerte das Lenkrad und ließ es wieder los, um die Anspannung zu lösen. Vor seinen Augen verschwamm alles, er schnallte sich ab. Plötzlich überkam ihn Klaustrophobie, sein Körper verkrampfte sich. Vielleicht war dies der Augenblick, in dem er verrückt wurde und es kein Zurück mehr gab. Vielleicht konnte er allem, was er gesehen und getan hatte, nun nicht mehr entrinnen. Er öffnete die Autotür und stieg aus. Stand am Straßenrand und sah den vorbeifahrenden Autos nach und starrte auf die Brücke, die sich vor ihm in den grauen Himmel auftürmte. Der Nebel verdunkelte den Jachthafen darunter und das Immergrün, das sich bis zum Horizont erstreckte. Er kontrollierte die Uhrzeit auf seinem Handy, es waren nur drei Minuten vergangen, doch sie kamen ihm wie eine Ewigkeit vor. Seine Arme kribbelten und fühlten sich taub an, und er hätte am liebsten geschrien. Der Regen prasselte auf ihn herab, er hielt sich an der Tür fest, ein Schwindelgefühl erfasste ihn, plötzlich hatte er einen bitteren Geschmack im Mund.

Dann wurde plötzlich ringsum alles still, als hätte jemand einen Schalter umgelegt und das Geräusch seines Lebens abgeschaltet. Er sah sich durch den Mittelgang des Busses schwimmen, durch graues Wasser und Ströme aus Blut, die aus den Körpern neben ihm rannen. Ein vom Knie abgetrenntes Bein, an dem noch ein Schuh steckte, schwebte an ihm vorbei. Es stieß gegen sein Gesicht, er schlug danach und stieß es fort. Vor der Tür stand ein pummeliger Junge, er hinkte, die schreckgeweiteten Augen groß wie Untertassen. Jack stieß auch ihn beiseite und trat so lange gegen die Tür, bis sie sich öffnete. Dann packte er den Jungen am Gürtel und zog ihn mit sich aus dem Bus. Sie befanden sich dicht unter der Wasseroberfläche, er reckte den Kopf, keuchte, kämpfte und schwamm, bis er am Fuß der Brücke Boden unter den Füßen fühlte. Dabei hielt er den Jungen noch immer fest und hob dessen Kopf aus dem Wasser. Der war schwer und machte keine Anstalten, zu helfen oder selbst zu schwimmen. Ringsum färbte sich das Wasser rot, er schob und schleppte sie beide zum Ufer, wo bereits Blinklichter leuchteten. Er sah zu, wie das Ende des Busses im Wasser versank. Der pummelige Junge ruhte neben ihm auf den Steinen und atmete nicht. Wie Treibgut und die Steine unter ihm lag er regungslos da. Jack fasste sich ans Gesicht, seine Hand färbte sich rot, dann hörte er die Sirene, und es wurde ihm schwarz vor Augen.

Dann war wieder eine Sirene zu hören, und mit ihr kamen die Geräusche dieser Welt wieder zu ihm zurück. Ein Polizeiwagen hatte hinter ihm angehalten, ein uniformierter Beamter kam heraus. Jack stieg ebenfalls aus und lehnte sich gegen den Wagen.

»Alles in Ordnung, Sir?«

Das Gesicht kannte er aus dem West Precinct, aber an einen Namen konnte er sich nicht erinnern.

»Alles in Ordnung«, sagte Jack. »Ich glaube... ich glaube, ich habe eine leichte Lebensmittelvergiftung.«

Der Beamte kam auf ihn zu, sah ihn an und versuchte festzustellen, ob er getrunken hatte. »Geht es Ihnen so schlecht, dass Sie nicht fahren können, Sir?«

»Nein, nein«, beteuerte Jack. »Alles in Ordnung. Ich habe auf der anderen Seite der Brücke einen Termin...«

»Also gut«, sagte der Beamte. »Setzen Sie sich lieber wieder in den Wagen und warten noch etwas. Dann fahre ich voraus, und Sie fahren mir hinterher.«

Jack nickte, ließ sich schwer auf den Fahrersitz fallen, schloss die Tür und lauschte dem Regen, der wie unzählige kleine Steinchen auf das Dach prasselte. Der Beamte scherte aus, fuhr langsam voran und wartete auf Jack. Schließlich hängte Jack sich hinter ihn, und beide Autos überquerten die noch eine halbe Meile lange Brücke. Sobald sie auf der anderen Seite angekommen waren, überfiel Jack eine unglaubliche Erleichterung, ein Hochgefühl, gefolgt von tiefer Zufriedenheit. Der Polizeiwagen bog rechts ab, Jack fuhr in seiner feuchten Kleidung weiter, und plötzlich war sein Geist glasklar und auf die Geschichte fokussiert.

16

Die Fremont Abbey war einmal eine Kirche gewesen, die zu einem Veranstaltungsort umfunktioniert worden und für ihre Kirchenkonzerte berühmt war. Gerade als er auf die 43. Straße einbog und zur Fremont fuhr, rief Catherine ihn an.

»Temple«, sagte sie, »wie war die Konfirmation?«

»Jesus wurde eine weitere Seele versprochen«, meinte er. »Was gibt's?«

Er hörte, wie sie an einer Zigarette zog und den Rauch ausstieß. »Jessica die Neue, oder wie zum Henker sie heißt, übernimmt unsere Jobs, das gibt's. Das Mädchen ist ein Monster, ich meine, sie ist echt gut, Jack. Ich glaube, wir werden eines Tages alle für sie arbeiten. Conlan hat einen guten Fang gemacht.«

»Das sind ja tolle Neuigkeiten«, sagte Jack. »Conlan hat eine Blufferin reingebracht, das sollte dir und mir Zeit geben, die langen Artikel zu schreiben, an denen wir sitzen.«

»Ich weiß, ich habe dasselbe gedacht. Was… hast du über Micaela Crawford rausgefunden?«

»Ich arbeite noch dran. Und Conlans Ultimatum von

einer Woche macht mich auch nicht gerade glücklich. Ich habe noch immer nicht das Mädchen zu fassen gekriegt, das mit ihr auf dem Konzert war. Aber es hat sich herausgestellt, dass Emily die Erste am Einsatzort war. Sie hat mir erzählt, dass Micaela einen faustgroßen Stein in der Tasche trug. Und Valerie Crawford ist Mitglied bei Randys Gebetsgruppe. Also besteht vielleicht die Möglichkeit, an weitere Informationen zu kommen.«

»Randy, der ehemalige Collegekumpel, ist jetzt Emilys Haustier?«

Jack musste lachen. »Genau der Randy.«

»Wie geht es Em?«

»Es geht ihr gut. Es geht allen so weit gut. Dean ist endlich wieder auf einem guten Weg. Also, die Sache ist die ... ich meine ... Na ja, da war dieser alte Pfarrer ... Donny ... ich kenne ihn noch von früher, er will am Freitag mit mir ins *Dockside* gehen und über unsere Gefühle sprechen. Ich mag ihn und habe zugesagt, aber jetzt denke ich ...«

»Soll das ein Rendezvous werden?«, scherzte Catherine.

»Nee, Mann. Sehr witzig. Aber ich sage dir, diese Leute ... Sklar, Pfarrer Donny, Emily, du ...«

»Man nennt sie Freunde, Jack. Solche Leute nennt man Freunde.«

Er nickte, auch wenn sie ihn nicht sehen konnte.

»Oh!«, rief Catherine. »Ich muss los, Conlan will gerade mal wieder eine Zigarettenpause einlegen und kommt aus dem Büro. Herrgott, diese Nicoretten bringen nichts bei ihm ...« Sie legte auf.

Der Regen hatte nachgelassen, es nieselte nur noch. Er sah sich den Veranstaltungsort von außen an. Vor ihm ragte ein robuster Ziegelbau auf, ein dreistöckiger Turm und ein Kirchenschiff mit Bogenfenstern. Diese Kirche war einem sehr viel besseren Zweck zugeführt worden als die, aus der er gerade kam. Vor dem Gebäude parkte ein schmutziger grauweißer SUV.

Er musste wieder daran denken, was Sophia und Micaela miteinander verband. Beide waren Musikstudentinnen gewesen und hatten nach einem Streit mit den Eltern ein tragisches Ende gefunden. Sophia war jünger, aber trotzdem schon sehr eigensinnig gewesen und wollte aufgrund ihres Talents wie eine Erwachsene behandelt werden. Sie hätten beide problemlos derselben Person begegnen können, vielleicht einem Lehrer, einem Hausmeister in der Schule, einem Juror. Vielleicht war er ein Freund der Eltern oder ein Mitarbeiter. Nachdem Jack wusste, dass Valerie Crawford in der Kirche und Mitglied einer Gebetsgruppe war, gab es eine sogar noch größere Verbindung. Er war lange genug als Polizeireporter tätig gewesen und wusste, dass bei einem Mord oder einer Entführung nur äußerst selten ein Fremder als Täter infrage kam. Viel öfter war es eine nahestehende Person, jemand, der die Termine der Opfer und ihren Geschmack kannte.

Er hastete an der geschlossenen Abendkasse vorbei und den Gang entlang zum Kirchenschiff. Dann öffnete er die Tür und schlüpfte hinein. Das einzige Licht im Raum kam durch die Bleiglasfenster und fiel auf die geschwungenen hohen Holzbalken an der glatten, modernen Decke. In der Nähe der Bühne kauerte jemand, der etwas Dunkles und Sperriges vor das Gesicht hielt.

Leise eilte Jack durch den Mittelgang zur Bühne, um besser sehen zu können. In diesem Moment erhob sich die Gestalt, steckte etwas in die Tasche und fuhr herum. Dann sah Jack die Kamera in seiner Hand. Der junge Mann wirkte überrascht und misstrauisch zugleich.

»Temple«, rief Ellis, »was machst du hier?«

»Ich recherchiere meine Geschichte, Walter«, sagte Jack kühl. »Und warum bist du hier?«

Ellis nickte ihm skeptisch und leicht überheblich zu. »Ich mache ein paar Fotos für einen Auftrag als Freelancer über Tatorte am Tag danach.«

Was für ein Ekel, dachte Jack. Was für ein gefühlloses Ekel. Chen hatte gesagt, Ellis halte sich für Weegee, aber Weegee war wenigstens ein Tatortfotograf, ein echter Künstler und nicht irgendein erwachsen gewordenes Kind, das aus jeder Tragödie Kapital schlagen wollte.

»Warum warst du heute Nachmittag nicht im Büro?«, fragte Ellis.

»Ich war bei der Konfirmation meiner Nichte in der Heavenly Rest.«

Jack hatte den Eindruck, ein Flackern in Ellis' Blick zu sehen, als er den Namen der Kirche nannte. War das Angst? Ellis wirkte nervös.

»Irgendwelche neuen Erkenntnisse?«, fragte Ellis.

»Gar nichts«, antwortete Jack.

»Hast du schon mit Lupe geredet?«

Jack schüttelte den Kopf.

Ellis' Handy piepste, das Haar fiel ihm ins Gesicht, als er darauf sah. »Ich muss los«, sagte er, hängte sich die Kamera um den Hals und lief mit seinen schlaksigen langen Beinen zur Kirchentür.

»Wir sehen uns in der Nachrichtenzentrale!«, rief er und war verschwunden.

Jack sah sich um. Der Veranstaltungsort war kleiner, als er ihn sich vorgestellt hatte. Er sah nach oben, unter der Decke hingen in den Ecken Videokameras, die auf den Bereich vor der Bühne gerichtet waren. Er wusste nicht genau, wonach er suchte, doch irgendetwas sagte ihm, dass es hier sein musste. Wenn der Tod nicht als Mord eingestuft wurde, war es unwahrscheinlich, dass die Polizei Zugriff auf die Videoüberwachung bekam.

Eine Tür schlug zu, Jack zuckte zusammen. Er drehte sich um und sah einen Wachmann, der durch einen Eingang unter der Chorempore hereinkam. Der Mann runzelte die Stirn und fragte ihn, was er da zu suchen habe.

Normalerweise stellte er sich als Reporter der *Sun* vor, aber aus irgendeinem Grund ertappte er sich dabei, wie er log. Er erzählte dem Wachmann, er arbeite für die Firma, welche die Videokameras verkauft hatte, und fragte, wie sie liefen.

»Gut genug, um zu kapieren, dass Sie hier herumschnüffeln«, sagte er und lachte kurz auf.

»Wie lange bewahren Sie das Videomaterial auf?«, fragte Jack. »Wir haben gerade ein Angebot, das könnte interessant für Sie sein.«

Der Wachmann sagte ihm, dass das Videomaterial achtundvierzig Stunden aufbewahrt und dann überspielt werde und dass die Kameras auf dem Parkplatz nur Attrappen seien. Jack bedankte sich bei ihm und verließ die Kirche. Er war zu spät gekommen.

Der Parkplatz war leer, es hatte zu regnen aufgehört. Sein Handy klingelte, als er zum Wagen lief. Er ging dran.

»Temple!«, bellte Conlan. »Wo bist du gerade?«

»Unterwegs«, log Jack.

»Gut, dann beweg deinen Hintern zur Heavenly Rest«, sagte er. »Dort wurde eine Leiche gefunden.«

17

Jack verließ den Parkplatz und raste zur Aurora Avenue. In der Ferne türmte sich die Brücke vor ihm auf, und ihm wurde wieder schwindelig. Seine Hände zitterten, und sein Herzschlag setzte kurz aus, während sich der Verkehr zur Auffahrt auf die Brücke einfädelte. Er drückte auf das Gaspedal, und plötzlich war alles ringsum blank und leer.

Polizeiautos und ein Wagen ohne Aufschrift parkten bereits am Seiteneingang zur Kirche. Im Innern war der Gang zur Sakristei mit gelbem Band abgesperrt. Jack duckte sich unter der Absperrung hindurch und eilte schweigend den dunklen Gang entlang. Es roch nach Weihrauch. Ein bulliger Polizeibeamter Mitte zwanzig schob Wache und wies Jack darauf hin, dass niemand hineindürfe.

»Ich habe Informationen, die entscheidend für den Fall sind«, log Jack. »Lieutenant Chen hat mich gebeten zu kommen.« Er hatte keine Ahnung, ob Chen an diesem Fall arbeitete oder ob sie überhaupt schon vor Ort war. Der Beamte nickte kurz, Jack öffnete die Tür zur Sakristei und trat ein.

Chen, Sharon Morgan und drei Beamte der Spurensicherung standen in Schutzanzügen mit Handschuhen und Schuhschützern herum. Alle wandten sich unwillkürlich um, als er hereinkam. Zu ihren Füßen lag mit weit aufgerissenen Augen die Leiche, sie trug noch den Talar von der Konfirmation. Auf dem Gesicht spiegelten sich Entsetzen und Schmerz. Es war Pfarrer Donny. Die Zähne zertrümmert, seitlich an seinem blassen Gesicht eine getrocknete Blutspur. Sein Mund wirkte zerfetzt und aufgerissen, ein großer, länglich grauer Stein steckte in seiner Kehle.

»Temple«, sagte Chen und sah ihn stirnrunzelnd an. »Du hast hier nichts zu suchen.«

Sharon Morgan hockte neben der Leiche und sah kurz auf. Ein weiterer uniformierter Beamter machte Fotos. Alle trugen blaue Latexhandschuhe und Schuhschützer bis zu den Knien.

»Du kontaminierst den Tatort«, sagte Chen, ging auf ihn zu und streckte die Hand aus, als wollte sie ihm die Tür öffnen.

Sie schob ihn nach draußen, blieb dann im dunklen Gang neben ihm stehen und durchbohrte den wachhabenden Beamten mit Blicken, als wollte sie ihm signalisieren, dass er den Rest seines Lebens Strafzettel ausstellen werde, nachdem er Jack vorbeigelassen hatte.

»Steck das weg!«, verlangte sie, und erst da bemerkte Jack, dass er seinen Notizblock herausgezogen hatte und einen Stift in der Hand hielt. »Wir müssen vorerst alle Details unter Verschluss halten. Du weißt ja, wie das läuft.«

»Herrgott«, flüsterte Jack, und alles fühlte sich mit einem Mal leer und hohl an.

»Du kanntest ihn«, sagte Chen, es war Feststellung und Frage zugleich.

»Seit meiner Kindheit«, bestätigte Jack. »Pfarrer Donny Stout. Ich habe noch vor ein paar Stunden mit ihm gesprochen. Er hat meine Nichte konfirmiert.«

Chen nickte. »Dann ist es ja gut, dass du da bist. Was kannst du mir darüber sagen?«

Er fühlte sich benommen. »Ich kann dir sagen, dass die letzten beiden Geschichten mir verdammt nahegehen«, murmelte er.

Sie nickte erneut. »Was kannst du mir über Donny Stout sagen? Fällt dir irgendjemand ein, der zu so etwas fähig wäre?«

Jack nahm sich einen Augenblick lang Zeit und dachte über ihre Frage nach, während er vor seinem geistigen Auge Donny mit zerschmettertem Kiefer sah.

»Nein. Ich... Die Gemeinde liebte Pfarrer Donny«, erklärte Jack. »Selbst die schwierigsten Jugendlichen haben ihn vergöttert. Ich kann nicht behaupten, dass ich in letzter Zeit näheren Kontakt zu ihm gepflegt hätte. Nein, mir fällt niemand ein. Soweit ich weiß, hatte er keine Feinde.«

»Sie erwähnten vorhin, dass Sie erst kürzlich hier in der Kirche waren...«, mischte sich der uniformierte Beamte ein und versuchte gebieterisch zu klingen.

Chen warf ihm einen vernichtenden Blick zu. »Courtney, holen Sie noch weiteres gelbes Band, und sperren Sie den Umkreis ab!«

Der junge Polizist errötete, wandte sich ab und eilte den schmalen Gang entlang, nur das zaghafte Klappern seiner Stiefel war zu hören.

Chen wollte von Jack die Einzelheiten seines letzten Gesprächs mit Donny hören – wo er Donny verlassen habe und ob ihm etwas Verdächtiges aufgefallen sei. Er versuchte sich an den Weg in Donnys Büro und wieder zurück zu erinnern, aber ihm fiel nichts ein. Dann spürte er plötzlich wieder den kühlen Schauder, der ihm schon über den Rücken gelaufen war, als er mit Dean zu Abend gegessen hatte. Er hatte erneut das Gefühl, beobachtet zu werden, drehte sich um und sah in den dämmrigen Flur, bevor er sich wieder Chen zuwandte.

»Bist du in Begleitung?«, fragte sie, doch ihr Blick und der Tonfall ihrer Stimme verrieten, dass sie gerade einzuschätzen versuchte, ob er noch bei Trost war.

»Wirst du prüfen, ob es zwischen Micaela Crawfords Fall und diesem hier eine Verbindung gibt?«

Chen blinzelte. »Temple, hier haben wir es mit Mord zu tun. Solange Sharon uns keine neuen Erkenntnisse aus dem Labor zu Crawford liefert, sehe ich keinen Zusammenhang.«

»Der Stein«, sagte er.

»Wie bitte?«

»Emily war als Erste in der Fremont Abbey vor Ort. Sie erzählte mir, dass Micaela einen Stein in der Tasche hatte.«

Der schwache Geruch von Weihrauch in der Kirche schien stärker und süßlicher zu werden. Jack spürte, wie seine Sinne sich schärften. Chens mitfühlender Gesichtsausdruck wandelte sich in kühle Professionalität, die er nur zu gut an ihr kannte. »Ich wusste nichts von einem Stein, werde das aber bestimmt überprüfen.«

Doch dann erweichte irgendetwas an seinem Gesichtsausdruck ihr Herz. »Jack, wir finden den Mann, der deinen Freund umgebracht hat«, sagte sie sanft.

So, wie du die Person gefunden hast, die meine Tochter entführt hat, dachte Jack und wandte sich ab, um die Verachtung in seiner Miene zu verbergen, die plötzlich in ihm aufgestiegen war.

Irgendwie ahnte er, dass Donny und Micaela nur der Anfang waren.

»Gut, wir bleiben für weitere Fragen in Kontakt«, versprach Chen.

»Ja, Detective, das bleiben wir«, sagte er.

18

Catherine nahm bereits nach dem ersten Klingeln ab, und Jack konnte nicht an sich halten.

»Es ist Pfarrer Donny. Donny wurde ermordet.«

»Dein Pfarrer? Mit dem du heute gesprochen hast? Herrgott, Jack!«, rief Catherine. »Wie?«

»Inoffiziell Tod durch Ersticken.«

»Rufst du aus dem Auto an?«

»Ja, tue ich. Hör zu, ich habe mich vorhin von ihm in seinem Büro verabschiedet und bin zur Fremont Abbey gefahren, um etwas nachzuprüfen. Ich ... hör mal, Catherine! Irgendwas stimmt hier ganz und gar nicht. Die beiden Fälle hängen irgendwie zusammen und haben etwas mit mir zu tun. Ich glaube, jemand verfolgt mich.«

»Was? Jetzt mal langsam!«, sagte Catherine. »Wer? Welche Verbindung soll es denn da geben?«

»Ich weiß es nicht. Aber die ersten Berührungspunkte sind Sophia und Micaela. Beide Musikstudentinnen an der Thornton School, beide Mitglieder des Jr. Philharmonic, beide wurden nach einem Streit mit ihrer Mutter ermordet ...«

»Temple, näher betrachtet ist das zwar verblüffend,

aber reiner Zufall. Allein schon das Alter der beiden stimmt nicht… Außerdem handelt es sich bei Sophia um keinen Mordfall. Vielleicht hatten die beiden denselben Lehrer, oder andere Umstände stimmen überein. Das gestehe ich dir zu, aber was hast du damit zu tun, außer dass du den Artikel darüber schreibst?«

»Ich weiß es nicht«, räumte er ein. »Hör zu, Emily hat erzählt, dass sie in Micaelas Tasche einen Stein gefunden haben, bei Pfarrer Donny hat man auch einen Stein… am Tatort gefunden. Wieder einen Stein.« Er wusste, dass er sich wirr anhörte.

Catherine schwieg.

»Nun gut«, sagte sie schließlich. »Und was ist mit der anderen Verbindung? Wer folgt dir?«

»Er war… mein Pfarrer, er hat Sophia konfirmiert. Auch Valerie Crawford ist ein Kirchenmitglied… wenn wir die Sache näher betrachten, hat er am Ende sicher auch Micaela konfirmiert. Ach… das hätte ich beinahe vergessen! Ich habe Ellis in der Fremont Abbey getroffen, er hat im Kirchenschiff fotografiert.«

»So seltsam ist das jetzt nun auch wieder nicht, wenn Ellis seinen Job macht, Jack.«

»Er ist herumgeschlichen und hat sich auffällig benommen.«

»Schon wieder…«

»Er hat etwas in seine Tasche gesteckt.«

»Vielleicht die Speicherkarte seiner Kamera? Das hat er schon x-mal gemacht.«

»Vielleicht«, sagte Jack. »Vielleicht aber auch nicht.«

»Jack, ich höre dir wirklich zu. Ich weiß, dass es so aussieht, als hätte alles etwas miteinander zu tun, aber das haben wir schon öfter erlebt. Wir hatten früher auch schon mal das Gefühl, dass diese Geschichten irgendwas mit dir zu tun haben. Aber der einzige Zusammenhang ist die Tatsache, dass du Polizeireporter bist. Du bist derjenige, der alle Einzelheiten erfährt, und diese Einzelheiten kann man in alle möglichen Richtungen weiterspinnen. Mir ist das als Umweltjournalistin auch passiert. Wo wurden die Chemieabfälle entsorgt? Beim Haus meiner Mutter, wo ich jogge, in der Nähe des alten Sun-Gebäudes. Stimmt's? Tatsache ist aber, dass Unternehmen ihren Chemiemüll einfach entsorgen. Das heißt aber nicht, dass sich eine Verschwörung zur Verseuchung der Umwelt in der Nähe der Person zusammenbraut, die über Umweltskandale berichtet. Aber sag mal … was meintest du mit deiner Vermutung, dich würde jemand verfolgen?«

»Ich weiß es auch nicht so genau. Vielleicht lässt mich Chen ja beobachten.« Er hörte selbst, wie lächerlich es klang, dass er nach einem Strohhalm griff, weil er keine stimmige Erklärung fand.

Doch irgendetwas schien Catherine aufgefallen zu sein.

»Wie bist du von der Heavenly Rest zur Fremont Abbey gekommen?«, fragte sie ruhig. »Bist du über die Brücke gefahren?«

Sie kannte ihn gut und war eine exzellente Reporterin.

»Ja«, sagte er.

»Okay, hör zu«, sagte sie. »Geh es etwas langsamer an. Du kannst das alles nicht an einem einzigen Tag aufklären.«

»So bin ich nun mal, Cat. Ich werde die Geschichte an die Öffentlichkeit bringen, jetzt erst recht. Es steht das Leben von Menschen auf dem Spiel.«

»Du bist ein verdammter Sturkopf, Temple. Ich liebe dich und bin für dich da, wenn du mich brauchst, aber ich muss dir sagen, dass die Geschichte von Micaela Crawford zu sehr an die Geschichte mit Sophia erinnert. Du solltest es sein lassen, bevor du noch glaubst, von allen Seiten bespitzelt zu werden. Das habe ich schon einmal gesagt und sage es jetzt wieder.«

Er hätte ihr nicht erzählen sollen, dass er sich beobachtet fühlte. Auf keinen Fall aber würde er ihr erzählen, dass er Flashbacks hatte und im Lauf des Tages irgendwo allein eine Stunde verloren hatte.

Er fuhr am alten Gebäude der *Seattle Sun* vorbei, Obdachlose trieben sich davor herum, über der Tür war *Ich bin der Herr, Dein Gott* aufgesprüht. Er hatte das Gefühl, dass die Welt ihm auf den Fersen war.

Der Aufzug klingelte, die Tür glitt auf, und die Stille verlorener Zeit wich dem geschäftigen Surren einer Redaktion voller Menschen, die dem Redaktionsschluss entgegenhechelten.

Jack ging schnurstracks direkt zu seinem Schreibtisch, klatschte seinen Block darauf, ließ sich auf den Stuhl fallen, ohne seine Jacke auszuziehen, öffnete ein neues Dokument auf seinem Computer und begann eifrig zu tippen.

Jessica saß ihm gegenüber und wirkte sichtlich betreten. Sie warf ihm verstohlene Blicke zu. Im selben Moment stürzte Conlan mit zerzaustem Haar und Lesebrille um den Hals aus seinem Büro auf ihn zu.

»Temple, ich zieh dich ab sofort vom Heavenly-Rest-Mord ab. Gib deine Aufzeichnungen an Jessica weiter!«

Mit einem Schlag verstummten Tippen und Gemurmel. Irgendwo klingelte ein Telefon, das niemand beachtete.

»Wie bitte?«, fragte Jack.

»Du bist zu nahe an dem Fall dran«, erklärte Conlan.

Jack warf Catherine einen vorwurfsvollen Blick zu. Hatte sie nach ihrem Telefonat mit ihm mit Conlan gesprochen? Mit weit aufgerissenen Augen starrte sie Jack an und schüttelte langsam den Kopf, als wollte sie ihm sagen, dass sie nichts damit zu tun hatte. Jack aber vertraute inzwischen niemandem mehr.

»Ich bin zu nahe dran«, wiederholte Jack und stand auf. »Ich weiß mehr über Donny Stout als irgendwer in diesem Raum.«

»Und du weißt auch, dass das so nicht läuft. Es gab schon einmal Interessenskonflikte nach …« Er beendete den Satz nicht.

»Wonach?«, fragte Jack. »Sprich es aus, Danny! Sag ruhig, nachdem meine Tochter entführt und ich fälschlicherweise verhaftet wurde.«

Verschämt senkte Jessica den Blick und tat so, als machte sie sich Notizen für eine Geschichte. Auch Catherine war aufgestanden und schien dazwischengehen zu wollen.

Conlan rührte sich nicht von der Stelle. »Du brauchst Hilfe und solltest eine Pause einlegen, mein Freund.«

Die Worte trafen Jack wie ein Schlag in die Magengrube. Das Einzige, was eine Pause bei ihm bewirkt hätte, war ein Zusammenbruch. Bis auf Catherine hatten sich alle in der Redaktion über ihre Schreibtische gebeugt und schienen Augenkontakt zu vermeiden. Jack wurde klar, dass sie Angst vor ihm hatten. Er wusste, dass sie über ihn geredet hatten, als er unterwegs gewesen war. Da war er sich ganz sicher. Sie hatten davon geredet, dass er über

Micaela berichtete, sie hatten über seine Tochter gesprochen und über wer weiß was noch. Conlan stand weiter unerschütterlich vor ihm.

Jack nahm seinen Notizblock, riss einige Seiten heraus und knallte sie Jessica auf den Tisch. Sie hob den Kopf und bedankte sich leise.

Dann blickte Jack Conlan an.

»Braver Junge«, sagte Conlan. »Informier sie über den Fall. Falls du mich brauchst, ich bin in meinem Büro.«

Catherine sah ihn durchdringend an und gab ihm zu verstehen, locker zu bleiben. Er hätte am liebsten seinen Schreibtisch umgeschmissen.

»Es tut mir leid«, sagte Jessica, aber alle wussten, dass das nicht stimmte. Bereits an ihrem zweiten Arbeitstag bei einer großen Zeitung hatte sie den seit Jahren spektakulärsten Mordfall übertragen bekommen. Es tat ihr ganz und gar nicht leid. Vermutlich konnte sie innerlich ihr Glück kaum fassen. Er wusste das, Catherine wusste das. Alle hier hatten das irgendwie schon mal erlebt.

»Ich weiß, dass er Ihr Freund war«, sagte Jessica und sah ihn an.

Er nickte kurz, schob seinen Stuhl zu ihr, setzte sich neben sie und brachte sie mit seinen Hintergrundinformationen und Quellen auf den neuesten Stand. Sie saß da und tippte die Worte ein. Dann erzählte er ihr von dem Stein, und sie wurde blass. Das war zumindest schon einmal die richtige Reaktion. Gut so, Kindchen, dachte er. Wenigstens scheinst du den richtigen Riecher zu haben. Er nannte ihr Emilys Namen als Quelle und erzählte ihr davon, wie Pfarrer Donny ihm und seiner Familie geholfen hatte, nachdem Sophia verschwunden war. Sie saß da und tippte alles ein. Zum ersten Mal sprach er mit jemandem, der der Sache neutral gegenüberstand und nichts von alledem wusste. Es wurde langsam dunkel im Büro, die Leute reichten ihre Artikel ein und verließen die Redaktion. Am Ende saßen nur noch Jack und Jessica im Schein der Neonleuchten da.

»Es tut mir leid«, wiederholte sie. »Es tut mir wirklich leid, dass Sie nicht mehr an der Geschichte dran sind. Mir ist klar, dass Sie sie gern geschrieben hätten. Nach so einem Tag klingt das jetzt vielleicht verrückt... aber wollen wir was trinken gehen? Ich würde Ihnen gern ein paar Fragen zur Berichterstattung im Allgemeinen und nicht nur zu dem vorliegenden Fall stellen. Ich will die Sache einfach gut machen.«

Jack lachte kurz auf und schüttelte den Kopf, dann fuhr er sich mit der Hand über die müden Augen. Als er die Hände wieder senkte, starrte Jessica ihn immer noch unverwandt mit ihrem brennend intelligenten Blick an. Sie war hübsch mit ihrem gepflegten Haarschnitt und dem klaren Gesicht.

Die letzten beiden Tage schienen zu verschwimmen, Jack wollte mehr über sie erfahren.

»Ja«, sagte er. »Klar, warum nicht?«

19

Nachdem die Tür zugeknallt worden war, umgab Jack kühle Stille. Er stand am Fenster, das nach vorn hinausging, und sah Sophia nach, wie sie mit dem Geigenkoffer und ihrem wehenden langen Haar trotzig davonstapfte. Waren diese Erinnerungen echt? Oder hatte die Polizei diese Theorie später konstruiert, und er glaubte mittlerweile selbst daran, weil er sie so oft gehört hatte? Er stellte sich Sophia vor, wie sie durch die Dunkelheit lief und sich die Scheinwerferlichter der Autos näherten.

Es war ihm ein Rätsel, was er an jenem Morgen nach dem Aufwachen getan hatte. Hätte er nicht seinen Notizblock und die Tasse Kaffee in der Hand gehalten, hätte er gedacht, direkt aus dem Bett in die Lobby der *Sun* transportiert worden zu sein. Zum ersten Mal hatte er das Gefühl, dass das vielleicht gar nicht so schlecht war. Weil er so nicht die Straße absuchen oder den Rückspiegel kontrollieren musste und von den Gedanken verschont blieb, die ein Mann sich macht, wenn die eigene Tochter verschwunden ist und sein Pfarrer ermordet wurde. Die Stille der verlorenen Zeit, die einst verstörend auf ihn gewirkt hatte, war ihm nun willkommen.

Die Aufzugtüren öffneten sich, und Ellis schlüpfte hinter Jack hinein. Der Geruch ungewaschener Wäsche umgab ihn.

Die Türen schlossen sich wieder.

»Temple«, sagte Ellis und fuhr sich mit der Hand durch das strähnige Haar, als kämmte er sich auf diese Art, bevor er zur Arbeit ging. »Also, die Rechtsmedizin hat heute offiziell die Todesursache von Micaela Crawford veröffentlicht. Es war eine Überdosis Heroin und Fentanyl.«

Jack nickte. Wie war Ellis noch vor seiner Ankunft im Büro an den Bericht gekommen?

»Ich glaube, du kannst deine Mordtheorien endgültig begraben.«

»Wenn ich möchte, dass du redaktionelle Entscheidungen für mich triffst, sage ich dir Bescheid, Walter«, antwortete Jack.

»Mann, ich habe ja nur gemeint …«, murmelte Ellis und zuckte süffisant die Achseln. »Dachte, du wärst erleichtert.«

»Und, hast du irgendwas Interessantes in der Fremont Abbey entdeckt?«, fragte Jack.

»Nö, nix. Und nachdem jetzt raus ist, dass es eine Überdosis war, kann ich auch die Fotos vom Leichenfundort nicht in meine Am-Tag-danach-Sammlung aufnehmen.«

Jack schwieg.

»Und, was hältst du von der Neuen?«, fragte Ellis mit einem Grinsen, das sich langsam über seinen großen Mund ausbreitete, als sich die Aufzugtüren öffneten. Jack trat hinaus und beachtete ihn nicht weiter. Ellis kicherte in sich hinein und ging an ihm vorbei in Conlans Büro. Catherine war am Telefon und tippte eifrig, während Lindsey

Mathew Red Bull trank, einen Powerriegel als Frühstück verdrückte und an ihrer ganzheitlichen Gesundheitskolumne arbeitete.

Jessica saß an ihrem Schreibtisch. Sie blickte freundlich und vertrauensvoll, fast solidarisch, zu ihm auf. Er versuchte sich daran zu erinnern, worüber sie am Abend zuvor gesprochen hatten. Ihm fiel wieder ein, dass sie dicht zusammengesessen und sie nach Nelken und Bitterorange, nach Regen auf Asphalt und berauschendem Erdgeruch geduftet hatte. Ihr kurzes dunkles Haar hatte unter den funkelnden Lichterketten der Bar geglänzt.

Sie hatten sich bis tief in die Nacht hinein unterhalten, sie hatte ihn gefragt, ob er verheiratet sei. Und zu seinem Erstaunen hatte er ihr nicht gesagt, dass er Emily noch immer liebe. Im Gegenteil, er erzählte ihr sogar, dass er das erste Mal überlegt hatte, sich von ihr scheiden zu lassen, als die Kinder noch klein waren. Es war in vielerlei Hinsicht die klassische Geschichte für eine Bar, typisch für einen Reporter und etwas trübsinnig.

Zwischen ihm und Emily lief es damals nicht gut, er hatte zu viel gearbeitet, und sie hatte mit ihrer Facharztausbildung begonnen. Eines Abends hatte er im *Dockside* mit einem Scheidungsanwalt eine Unterhaltung über seine Ehe begonnen und ihm sein Leid geklagt. Am Ende des Abends hatte er ihn angeheuert.

»Und das hast du durchgezogen?«, fragte ihn Jessica.

»Das hätte ich fast. Vielleicht wäre ich tatsächlich so dumm gewesen und hätte es getan, aber dann ist der Kerl auf dem Nachhauseweg in einen Baum gerast«, erzählte Jack.

Sie hob die Brauen und stieß zu seinem Erstaunen ein

finsteres Lachen aus. Catherine hatte recht. Sie würden Freunde werden.

Sharons Stimme am Telefon bestätigte ihm, was Ellis auf seine selbstgefällige Art bereits verkündet hatte. Plötzlich schienen die Geräusche des Scanners und das Tippen ringsum auf einen Schlag einzusetzen.

»... war nicht ungewöhnlich, die Toxikologie hat sonst auch nichts ergeben. Tut mir leid, Jack.«

»Verstanden«, sagte er. »Danke, Sharon! Hör zu, das klingt jetzt vielleicht seltsam, aber gab es etwas ...? Hat man in ihrem Körper einen Stein gefunden? In ihrem Mund ... äh ...«

Das Schweigen am anderen Ende der Leitung verriet ihm, was sie dachte, noch bevor sie antwortete.

»Der Fall ist anders als der von Donny Stout«, erklärte sie.

»Emily war bei Micaela im Einsatz und hat mir erzählt, dass man in ihrer Tasche einen Stein gefunden hat. Ich habe nur überlegt, ob noch ein weiterer entdeckt wurde. Wenn auch nur ein klitzekleiner.«

»Es gab keinen Stein«, sagte sie, und ihm fiel auf, dass sie zunehmend ungehalten wurde. »Thom Anderson hat ihre persönlichen Sachen weggeschlossen«, sagte sie.

»Das heißt ...«, setzte Jack an.

»Ja. Ich sag ihm, dass er nachsehen und dir dann Bescheid geben soll«, sagte sie und hängte auf.

»Gibt's was Neues?«, fragte Jessica, als er aufgelegt hatte.

»Noch nicht. Ich folge mehreren Hinweisen«, erwiderte er und ging zu Conlans Büro.

Ellis saß auf der Fensterbank und hörte Conlan zu, der

die Zuweisungen der Aufgaben durchging und in sein Handy tippte. Als Jack hereinkam, sahen beide erstaunt auf.

»Letzte Spur in Sachen Fremont Abbey«, sagte Jack. »Ich versuche gerade, den Stein ausfindig zu machen, der bei der Leiche gefunden wurde. Dann will ich sehen, ob es eine Verbindung zum Mord an Pfarrer Donny gibt.«

»Was für ein Stein?«, fragte Ellis.

»Herrgott noch mal, wir haben gerade den gerichtsmedizinischen Bericht dazu erhalten!«, rief Conlan. »Jack, lass es gut sein, der Pulitzerpreis wird sich nicht dafür interessieren. Widme dich lieber dem heutigen Polizeibericht.«

»Du weißt, ich bin für beides gut«, sagte Jack. Bei diesen Worten wechselten Conlan und Ellis einen raschen Blick.

Jack verschwand aus Conlans Büro, bevor man ihm noch weitere Fragen stellen konnten oder er, Gott bewahre, gebeten wurde, Ellis mitzunehmen. Er hatte drei Tage Tod, Umwege und Unproduktivität hinter sich. Nicht im Traum fiel ihm ein, in seinem Büro zu sitzen und irgendwelche Geschichten über Trunkenheit am Steuer aus dem Polizeibericht zu schütteln. Er wollte von zu Hause aus arbeiten, von dort die Nachfragen erledigen, die Ermittlungen starten und den skeptischen Blicken und Neinsagern aus dem Weg gehen. Nur so konnte er sichergehen, als Erster zu berichten. Jessica saß an dem Fall von Pfarrer Donny, und das verlieh ihm ein seltsames Gefühl von Vertrauen, als er das Büro verließ. Er vertraute ihr. Sie hielt die Augen offen.

Auf dem Weg nach draußen blieb Jack an seinem Briefkasten stehen, unter einem Stapel glänzender dünner Pressemitteilungen per Fax und rosafarbenen Notizen in Abwesenheit lag ein viereckiger weißer Umschlag. Er ging die Notizen durch und hoffte auf eine Nachricht von Lupe, die vielleicht endlich auf seine Anrufe reagierte. Aber er fand nicht viel – ein paar Einzelheiten von einem Kripobeamten zu einem ungeklärten Fall, über den er berichtete, einen Versicherungsmakler, einen Namen und eine Nummer, die er nicht kannte. Jack drehte den weißen Umschlag um. Keine Adresse. Er war persönlich abgegeben worden.

Er riss ihn mit dem Daumen auf und zog eine kleine quadratische Karte heraus. Darauf war eine Abbildung der St.-Christopher-Kirche und etwas in einer geschwungenen Handschrift geschrieben, die ihm bekannt vorkam. Natürlich, das war die der Frau, deren Kind gestorben war, während er überlebt hatte.

Lieber Jack,

ich weiß, wie nahe Sie Pfarrer Donny Stout standen.
Als ich gestern Abend in den Nachrichten von seinem
Tod erfuhr, hat es mir das Herz gebrochen bei dem
Gedanken daran, was Sie durchmachen müssen. Ich
weiß, es ist eine schwere Zeit für Sie. Wenn ich daran
denke, wie viel Leid Sie ertragen mussten, erinnert
mich das an die alten Israeliten.
Und genau wie die Israeliten werden auch Sie siegen,
das weiß ich.
In Christus, Ihre Louise

20

Jack klappte eine Karte von Seattle und Umgebung auf und heftete sie an die Wand seines Esszimmers. Dann holte er die Schachteln aus dem Kleiderschrank. Die mit Sophias Sachen öffnete er nicht, sondern nahm nur die mit den Zeitungsausschnitten und seinen Notizen aus der Zeit ihres Verschwindens heraus.

Man hatte ihre Geige im Straßengraben nicht weit von ihrem Zuhause entfernt gefunden. An einer kurvenreichen Straße in der Nähe des Crown-Hill-Friedhofs. Er markierte den Ort mit einer roten Reißzwecke auf der Landkarte. Dann holte er die Fotos vom Fundort hervor – Bilder von den zwischen Kiefern gespannten gelben Bändern. Anhand einer Markierung war zu sehen, wo die Geige gelegen hatte. Dem folgten einige Nahaufnahmen des Bodens und der Umgebung. In der Ferne war eine kleine Kirche mit Schindeldach und einer Kirchturmspitze zu erkennen, die in den Himmel aufragte – der ganze Schauplatz.

Er steckte eine weitere Reißzwecke bei der Fremont Abbey hinein und dann noch eine an der Heavenly Rest. Soweit er es beurteilen konnte, war kein geografisches Muster darin zu erkennen. Außerdem gab es kaum Hinweise, auf die er sich hätte stützen können. Das größere Muster hingegen bewies, wie diese Tragödien sein Leben berührten. Alles hatte angefangen, als er noch ein Kind war, das wusste er. Und Erinnerungen an jenen Tag, als er auf den glatten Steinen am Ufer neben der farblosen Hand gelegen hatte, stiegen wieder in ihm auf. Er schob sie beiseite. Er steckte eine weitere Reißzwecke an das Ufer des Puget Sound und führte die Liste in Gedanken weiter.

Jack stellte sich den Jahrgangsbesten zehn Jahre später vor, wie er mit dem Gesicht nach oben auf einem gepflasterten Weg lag. Seine Organe waren verletzt, und etwas sickerte seitlich aus seinem Mund. Aus dem gespaltenen Schädel ergoss sich unter den feinen blonden Haaren eine graue Masse auf die sandigen Spalten zwischen den Steinplatten. Er sah wieder den Campus des College vor sich. Die düsteren Bäume, welche die Alleen säumten und sich zu den efeubewachsenen Ziegelfassaden hinüberneigten. Die moderne Glasfassade der angegliederten Bibliothek, wo seine Journalismusseminare stattfanden. Der Eingang der Kapelle mit ihren fein gemeißelten Figuren, Blumenblättern und herabschießenden Engeln, die den Aufprall des Sturzes seines Klassenkameraden rahmten.

Dann fand er sich in London wieder. Verschlungen in weißen Leinenlaken, Annas milchweiße Haut, die sich an ihn schmiegte. Ihr Geschmack in seinem Mund, ihr lockiges Haar, das ihm auf die Schulter fiel. Fast seine gesamte Hand war in ihr, sie stöhnte unkontrolliert. Er war dank eines Stipendiums in England. Ein Jahr Studium und Arbeit. Sie war ein paar Jahre älter als er, eine junge Anwältin, die für die Zeitung arbeitete, Verleumdungsklagen abwehrte und amtliche Unterlagen einforderte. Sie trafen sich meistens bei ihm oder in einem kleinen Hotel im East End.

Ihr Mann fand ihre bis zur Unkenntlichkeit verprügelte Leiche im Wohnzimmer ihrer Stadtwohnung. Die Spuren stumpfer Gewalteinwirkung waren überall im Zimmer verteilt. Niemand bei der Zeitung wusste von ihrer Affäre, darum hatte man Jack auch nicht befragt. Nachdem das Jahr vorbei war, verließ Jack London wie geplant.

Jack verschob eine Reißzwecke rechts auf der Karte. Für weitere Informationen rief er sich die Artikel der *London Times* über Annas Ermordung auf. Beschämt musste er sich eingestehen, dass er nicht einmal wusste, ob der Fall jemals gelöst worden war.

Auf dem Bildschirm tauchte Annas Foto auf, und es lief ihm kalt über den Rücken. Immer wenn sie ihm in den Sinn kam, dachte er an sie als ältere Frau, doch auf dem Foto sah sie hübsch und um einiges jünger aus, als er jetzt war. Sie lächelte und zeigte die kleine Lücke zwischen den Vorderzähnen. In dem Artikel wurde der Tatort beschrieben. Aus dem Haus, das sich in der Fleet Street in der Nähe des Old Mitre Court befand, war nichts gestohlen worden. Er gab die Koordinaten in Google Maps ein und beobachtete, wie sich die Umgebung materialisierte. Und da, keine drei Straßen entfernt, ragte die anglikanische St.-Dunstan-in-the-West-Kirche in den Himmel.

Er zog jedes rationale, logische Argument heran, weshalb die Morde miteinander verbunden waren. Überall waren Kirchen. Wenn er sich beliebige Verbrechen ansah, fand er vielleicht heraus, dass sie in der Nähe von Kirchen begangen wurden oder manche an spezifischen Marksteinen wie Tankstellen oder ...

Und was war mit den Steinen?

Er sah sich einen weiteren Artikel über Annas Mord an. Unter dem Bild stand: *Durchbruch! Juwelendiebstahl möglicherweise Motiv für Mord in Nordlondon.* Natürlich, dachte er, ihr Ring.

Er las weiter.

Neue gerichtsmedizinische Informationen deuten auf Diebstahl im jüngsten Mordfall hin, einer bekannten Anwältin aus Nordlondon. Ein Drei-Karat-Vintage-Petite-Cathedral-Pavé-Diamant in Moores Verlobungsring wurde gestohlen. Der Diamant wurde entfernt und durch einen gewöhnlichen Kieselstein ersetzt.

Jack sprang auf, und der Stuhl hinter ihm fiel krachend zu Boden. Sein Herz hämmerte, er versuchte sich abzustützen.

Er trank das Glas aus, das er in der Hand hielt, und wandte sich zur Wand um. Bilder aus dem Internet, Zeitungsartikel, Blogartikel, Tatortfotos, alles war in ordentlichen Reihen angeheftet.

Er sah auf sein Handy. Fünf Uhr. Er wählte Jessicas Handynummer, sie ging dran, im Hintergrund hörte er laute Musik.

»Bist du in einer Bar?«, fragte er.

»Zu Hause, bin gerade reingekommen. Kam früh raus.« Der dröhnende Rhythmus verhallte.

»Hör zu!«, sagte Jack. »Gibt es bei Pfarrer Donnys Geschichte irgendwelche Fortschritte?«

»Ich habe Interviews gemacht und warte noch auf die Gerichtsmedizin.«

»Was ist mit dem Stein?«

»Chens Leute glauben, dass er schon in seinem Büro war, der Mörder ihn also gepackt hat, weil er ihm geeignet erschien.«

»Ich muss mit dir reden«, sagte Jack. »Können wir uns treffen?«

»Klar. Hast du etwas herausgefunden?«, fragte sie und klang aufgeregt.

»Wir treffen uns im *Storyville* im obersten Stock des Pike Place«, schlug er vor. »In einer halben Stunde.«

Er legte auf, griff nach seiner Lederjacke und ging in den Abend hinaus. Die untergehende Sonne sank unter die Wolkendecke, schickte vom Horizont mattes gelbes Licht über die Stadt und warf lange Schatten. Der Himmel über ihm wirkte dunkel und bedrohlich.

21

Jack bog bei der Union Street um die Ecke und ging die Western Avenue entlang, auf der sich bereits die Leute tummelten, die alle zum Ufer unterwegs waren. Er steckte seine Hand in die Tasche und erwartete, dort seinen Notizblock vorzufinden, stattdessen hielt er ein beschichtetes rechteckiges Stück Papier in der Hand. Er zog es erstaunt heraus und drehte es um. Es war ein Foto der Kirche gegenüber von Micaelas Haus, das Ellis gemacht hatte, als er für das Interview mit ihm zu Valerie gefahren war. Hatte er es von der Wand genommen, um es Jessica zu zeigen? Hatte er es sich näher ansehen wollen? Er erinnerte sich nicht mehr, dass er es in die Tasche gesteckt hatte. Vielleicht hatte er es auch Ellis abgenommen.

Seine Nackenhaare sträubten sich, wieder hatte er das Gefühl, verfolgt zu werden, selbst hier in der Fußgängerzone. Er drehte sich um, doch es waren zu viele Menschen unterwegs. Eine Gestalt in einem schwarzen Regenmantel mit aufgesetzter Kapuze, obwohl es nicht mehr regnete, stand reglos in der Nähe der Mole und blickte in seine Richtung. Er ging weiter und drängte sich noch tiefer in die Menschenmenge hinein. Dann blieb er stehen, schlüpfte in einen Hauseingang und wartete ab. Er drehte sich um. Die Gestalt war verschwunden. Er atmete durch und wandte sich in Richtung Fischmarkt, um sich mit Jessica zu treffen. Jeder Nerv seines Körpers war angespannt. Er beschleunigte seine Schritte und überprüfte alles ringsum mit der Wachsamkeit eines Soldaten.

Als er durch den Nordeingang des Pike's Place trat, streckte sich eine Hand nach ihm aus und berührte ihn.

Ruckartig drehte er sich um, ballte die Faust und holte aus.

Vor ihm stand ein Mädchen mit pinkfarbenem Haar in einem dunklen Regenmantel mit Gummistiefeln. Sie wich zurück und schlug die Hände vor das Gesicht.

Sofort ließ er die Hand wieder sinken.

»Jack Temple?«, fragte das Mädchen. Sie sah erschöpft und traurig aus.

»Wer bist du?«

»Lupe Barnat«, erwiderte sie. »Sie sind an der Stelle vorbeigelaufen, an der Sie sich mit mir treffen wollten, also bin ich Ihnen gefolgt. Sie kamen mir irgendwie bekannt vor.«

»Was? Lupe ... Ich ... ich hinterlasse dir seit Tagen Nachrichten ...«

»Sie schikanieren mich ... das trifft es wohl eher«, erklärte das Mädchen finster. »Wir haben heute Morgen telefoniert.«

»Ich bin froh, dass wir es endlich geschafft haben«, sagte Jack und gab sich Mühe, etwas freundlicher zu klingen. Er erinnerte sich nicht mehr, mit ihr gesprochen oder einen Treffpunkt vereinbart zu haben. »Warum hast du mich nicht zurückgerufen?«

»Soll das ein Witz sein? Meine beste Freundin ist gerade gestorben, und die Presse ist hinter mir her, um mich zu fragen, ob sie ein Junkie war, und stellt sie als durchgeknallt dar. Auf keinen Fall.«

Sie war wütend und hatte Tränen in den Augen.

»Es tut mir sehr leid«, sagte Jack. »Ich weiß, wie nahe du Micaela gestanden hast. Ich will sie nicht wie einen Junkie oder so darstellen.«

»Dafür ist es zu spät«, widersprach Lupe. »Das denken sowieso alle, aber es stimmt nicht. Nur deshalb habe ich heute auf Ihren Anruf reagiert.« Sie reichte ihm einen zusammengefalteten Zettel, und er klappte ihn auf. *Rede nicht mit den Cops, sonst wirst du es bereuen*, stand in sauberen, etwas geneigten Großbuchstaben darauf.

»Woher hast du das?«, fragte Jack.

»Das lag in meinem Geigenkasten«, sagte sie, und ihre Stimme zitterte. »Ich glaube, ich weiß, wer das war, aber ... ich kenne die nicht wirklich.«

Er ließ die Worte einen Augenblick lang sacken. Am meisten interessierte ihn, was sie ihm verschwieg.

»Was sollst du den Cops nicht erzählen?«, fragte er. »Was hast du bisher niemandem erzählt?«

»Ich möchte nicht, dass Sie darüber berichten«, bat Lupe. »Ich erzähle es Ihnen, aber Sie geben es nicht an die Presse weiter.«

»In Ordnung«, stimmte er zu.

»Micaela war bei Tinder«, sagte Lupe. »Das hätte sie eigentlich nicht gedurft, weil sie erst sechzehn war. Das ist illegal.«

Jack schwieg und wartete, dass sie fortfuhr. Er sah ihr ruhig in die Augen.

»Sie hat sich mit diesem Typen getroffen. Er nannte sich Arthur Fellig«, fuhr Lupe fort. »Er war älter als sie.« Sie senkte die Stimme. »Und sie hat mit ihm geschlafen.«

»Um wie viel älter?«, fragte Jack.

»Ich weiß nicht… zehn Jahre vielleicht? Ich… ich glaube, er verfolgt jetzt mich. Ich glaube, er hat mir die Nachricht hinterlassen. Ich hatte sogar Angst, mich mit Ihnen zu treffen, aber ich weiß nicht mehr, was ich sonst noch tun soll. Zur Polizei kann ich nicht gehen.«

»Hast du von dem Kerl mal ein Foto gesehen?«, fragte Jack.

»Ja, er hat ihr tonnenweise Bilder geschickt. Sie waren seit ungefähr einer Woche zusammen.«

»Wie sieht er aus?«

»Er ist groß«, sagte Lupe. »Trug Schwarz. Ich glaube, er ist tätowiert und hat blondes Haar oder so. Vielleicht einen Ohrring?«

Jack kochte innerlich vor Wut. In seinen Ohren rauschte es, und die Hitze kroch langsam durch seine Adern bis in die Glieder. Lupe bewies Mut, sich trotz der Drohungen mit ihm zu treffen.

»Du hast das Richtige getan«, sagte er. »Ich möchte aber, dass du mit der Polizei redest. Dieser Mann kann dir nichts anhaben. Lieutenant Chen wird dich beschützen, aber du musst die Wahrheit sagen. Diesmal musst du alles erzählen.«

Lupe schüttelte den Kopf. »Er wird mich umbringen«, sagte sie matt. »Außerdem denken dann alle, dass Micaela eine Schlampe war. Entweder werden sie das denken, weil sie mal Drogen genommen hat oder weil sie mit einem Kerl geschlafen und den Tod verdient hat. Sie wissen selbst, dass das stimmt. Sie wissen, wie das Internet ist.«

Lupe sah Jack an, und er beobachtete, wie Angst oder Furcht vor Entdeckung wie ein Schatten über ihr Gesicht huschte. Als hätte sie eine falsche Entscheidung getroffen. Oder sah er Erleichterung in ihrem Blick?

»Ich möchte, dass du deine Mutter anrufst und dass sie dich abholt«, verlangte Jack.

»Ich bin okay«, antwortete Lupe und verschwand zwischen den vorbeiziehenden Menschenhorden.

22

Jessica saß im obersten Stock im *Storyville Café* und ging ihre Notizen durch. Sie strich die wichtigen Passagen mit einem Marker an, während die späte Nachmittagssonne schräg durch die gewölbten großen Fenster fiel. Er beobachtete sie von der Tür aus. Sie trug schwarze Jeans und einen dünnen grauen Pulli, der sich an ihren schlanken Körper schmiegte. Ihr sonst gepflegtes kurzes Haar wirkte ungekämmt und widerborstig. Sie hatte mindestens zwanzig Minuten auf ihn gewartet.

»Alles in Ordnung?«, fragte sie ihn.

»Es geht mir gut«, sagte er und sah sich im Raum um. »Hör mal, es ist viel passiert. Ich möchte, dass du alles erfährst, falls mir etwas zustoßen sollte.«

Sie blickte ernst zu ihm auf.

»Erstens, zwischen Micaela und Pfarrer Donny gibt es eine Verbindung. Zweitens, ich habe mit Lupe gesprochen. Sie wird von jemandem bedroht, der sich wahrscheinlich an junge Mädchen ranmacht, und sie hat der Polizei bestimmte Informationen vorenthalten. Drittens, ich werde seit ein paar Tagen, vielleicht sogar schon seit Wochen verfolgt.«

»Wie bitte? Wer verfolgt dich? Konntest du ein Autokennzeichen notieren?«

»Nein, aber ich weiß, dass es ein weißer Lieferwagen oder ein SUV mit Washingtoner Kennzeichen ist, die Nummer konnte ich aber nicht erkennen. In den letzten Tagen ist es ein wenig ruhiger geworden. Ich möchte, dass du das weißt. Und nachdem du den Fall bearbeitest, solltest du selbst auch wachsam bleiben.«

»O Gott! Wie bist du auf das alles gekommen?«

Sie blätterte zu einer leeren Seite ihres Notizbuchs und machte sich Notizen.

Er zog das Foto aus der Tasche. »Jeder Mord geschah in einer Kirche oder in der Nähe einer Kirche.«

Jessica sah ihn aufmerksam an.

»Und«, fuhr Jack in bedeutungsvollem Ton fort, »bei jedem spielt irgendwie ein Stein eine Rolle.«

Jessica ließ die Information einen Augenblick lang auf sich einwirken und blinzelte. »Ich weiß nicht, ob wir Micaelas Stein mit dem von Pfarrer Donny gleichsetzen können«, sagte sie. »Und was die Kirchen betrifft ... ich meine, es gibt überall Kirchen. Sogar als Grundbesitz, besetzt oder umfunktioniert wie die Fremont Abbey.«

»Ich weiß«, bestätigte er. »Das habe ich zuerst auch gedacht, aber es gibt noch andere Aspekte.« Er zögerte und überlegte, ob er ihr von Anna erzählen sollte. »Es gibt da einen ungeklärten alten Mordfall, der damit in Verbindung stehen könnte.«

»Wie alt?«

»Zwanzig Jahre.«

»Könnte sein.« Sie hörte sich wie eine Reporterin an, die Zweifel an der These hegte. »Menschen beginnen eine

Mordserie, warten dann ab und tun es wieder. Jemand aus der Gegend, der keine Aufmerksamkeit als Serienmörder erregen will.«

»Nein«, sagte er. Und dann überwand er sich doch, über Anna zu sprechen. Er wollte nicht zugeben, dass er jung, naiv oder der andere Mann gewesen war. »Eine Anwältin aus London, sie wurde zu Tode geprügelt. Ein Diamant aus ihrem Ring wurde gestohlen und durch einen anderen Stein ersetzt.« Er beobachtete, wie die Begeisterung über die Möglichkeit, einen handfesten Scoop zu landen, die Skepsis aus Jessicas Gesicht vertrieb.

»Und warum wurde nicht gleich der ganze Ring gestohlen?«, fragte sie.

»Richtig«, sagte er. »Außerdem wurde das Verbrechen in der Nähe einer Kirche begangen. Es passt zum Muster.«

»Gibt es im Zentrum von London nicht unzählige Kirchen?«, fragte sie. Er beobachtete, wie die Begeisterung sie gepackt hatte und sie nach und nach alles zusammenfügte und sehen wollte, wohin es führte. »Den Stein auszutauschen muss einen Grund haben«, sagte sie. »Vielleicht, um Zeit zu schinden, bevor der Diebstahl bemerkt wurde. Oder um die Ermittler auf eine falsche Spur zu lenken und dem Täter Zeit zu verschaffen. Vor allem, wenn er ein bekannter Diamantendieb war. War es ein besonderer Diamant?«

»Ja, ein Cathedral Pavé.«

»Okay, erzähl weiter!«, bat sie und notierte sich den Namen.

Das tat er und war erleichtert, dass er Anna nicht erwähnt hatte. »Lupe erzählte, dass Micaela sich mit einem Typ traf, den sie über eine Dating App kennengelernt hatte. Er hat sie vor dem Mercer-Konzert abgeschleppt. Sie hat ihn als groß beschrieben. Er trägt wohl schwarze Klamotten, einen Ohrring und muss zwischen sechsundzwanzig und dreißig sein. Jemand warnt sie, zur Polizei zu gehen. Sie glaubt, dass er es war.«

»Bumm! Das sieht doch nach einem handfesten Hinweis aus. Sagst du es Chen?«

»Natürlich«, antwortete er. »Ich habe sie bereits angerufen, ihr eine Nachricht hinterlassen und vorgeschlagen, Beamte bei Lupe vorbeizuschicken, um das Haus im Auge zu behalten. Bei so etwas pfusche ich nicht allein herum. Vor allem dann nicht, wenn irgendwer auf der Pirsch ist. Wer weiß, was der Kerl noch alles angestellt hat. Vielleicht war er derjenige, der...« Er unterbrach sich, noch bevor er den Satz beendet hatte.

Sie musterte ihn unverwandt und nickte. »Das sollten wir uns unbedingt näher ansehen.«

»Genau.«

»Also gut«, sagte sie. »Lass es uns noch einmal durchgehen. Ich sehe keine Verbindung zwischen dem Tötungsfall in London und den anderen Morden. Wahrscheinlich haben wir es hier mit unterschiedlichen Umständen zu tun. Abgesehen von den Steinen, erscheint mir alles recht willkürlich. Den Mordfall in London sollten wir also definitiv ausklammern. Bei den anderen müssen wir noch einmal genau prüfen, ob tatsächlich eine Verbindung besteht.«

»Die gibt es«, wandte er ein.

Sie sah auf, hielt den Stift bereit und wartete. Er schwieg.

»Ich bin ganz Ohr«, warf sie umgehend ein.

»Mich«, sagte Jack. »Pfarrer Donny war mein Pfarrer, Micaela war Studentin an derselben Schule wie meine Tochter, in ihrem Zimmer hingen Artikel über Mercer, die ich geschrieben hatte. Sophia ist natürlich meine Tochter…«

Sie betrachtete ihn aufmerksam und verhielt sich wie eine gute Reporterin. Sie ließ ihn reden, bis sie zu hören bekam, was sie hören wollte, und etwas heraushörte, das einen Sinn ergab. Oder das sie verwenden konnte, um der Sache einen Sinn zu verleihen. Er wusste, dass sie sich bemühte, nicht voreingenommen zu erscheinen, doch seine letzten Worte schienen sie zu beunruhigen. Ihm fiel auf, dass sich ihre Atmung geändert hatte und ihre Pupillen sich weiteten.

»Es gibt noch andere. Michael Robinson starb nach meinem Bericht über ihn…« Doch nicht einmal er glaubte an eine Verbindung zu diesem Fall. Ihm fiel auf, dass er zögerte, ob er die ganze Geschichte erzählen sollte.

»Jack, jeder weiß doch, dass eine rivalisierende Gang zu dem Schlag ausgeholt hatte, das wurde alles gut dokumentiert. Ich finde, wir sollten keine Kriminalfälle heranziehen, die mit dir als Reporter zu tun haben. Sonst haben wir zwanzig Jahre Mordfälle in Seattle durchzugehen. Was ist mit der Frau in London?«, fragte sie.

Er schwieg eine Weile und wunderte sich selbst über seine Zurückhaltung. »Sie war meine Geliebte«, sagte er schließlich. »Eine heimliche Affäre. Sie war verheiratet.«

Jessica schwieg und nickte schließlich. Er bemerkte, dass es auch bei ihr geklickt hatte. Jetzt zählte sie eins und eins zusammen, so wie auch er das ein Leben lang getan hatte. Seine Geliebte, sein Pfarrer, seine Tochter,

Opfer seiner bekanntesten Geschichte, dann die Person, die vor ihm ihren Schulabschluss gemacht hatte. Kurz flackerte so etwas wie Angst in ihrem Blick auf, doch dann schien hemmungsloser Ehrgeiz von ihr Besitz zu ergreifen. Und sie vertraute ihm. Sie war ein Profi. Sie wollte seine Geschichte herausbringen und war mutig und clever genug, um das zu tun.

»Warum die Steine?«, fragte sie ihn, als wüsste er das schon.

»Ich habe keine Ahnung.«

»Wahrscheinlich müssen wir uns ziemlich anstrengen, um das zu beweisen«, sagte sie. »Bisher kreisen nur Gerüchte um den Stein, der bei Micaela gefunden wurde.«

»Meine Quelle ist äußerst verlässlich«, sagte er.

»Glaubst du tatsächlich, dass wir es mit einer Serie zu tun haben?«, fragte sie und hatte wieder den neugierigen, unerschrockenen Blick in den Augen, als hätte er schon eine Antwort parat.

»Davon gehe ich aus«, bejahte er.

»Sollte das alles tatsächlich miteinander verbunden sein und dir jemand folgen... bist du dann nicht in Gefahr?«, fragte sie.

»Nein, bin ich nicht. Besser gesagt, ich weiß es nicht. Ich weiß auch nicht, ob sich die Menschen in meinem Umfeld in Sicherheit wiegen können. Ich habe bereits Vorsichtsmaßnahmen getroffen und besuche meinen Sohn nicht in seinem Apartment oder begleite ihn irgendwohin. Wenn mich jemand beobachtet, wird höchstwahrscheinlich auch er beobachtet. Jess, ich bin hin- und hergerissen. Einerseits möchte ich jeden in meiner Nähe haben und beschützen, andererseits habe ich das Gefühl, mich fernhalten zu müssen ... Ich ...«

»Jack, du kommst zu mir nach Hause«, sagte sie spontan und klappte ihr Notebook zu.

Jack hob die Brauen und lachte kurz auf, doch sie schien unbeirrt zu sein.

»Ich will, dass du mir alles erzählst«, sagte sie. »Jedes noch so kleine Detail, exakte Hintergrundinformationen Wir lassen nichts nach außen dringen und verschweigen es Conlan. Du schreibst deinen Artikel, ich schreibe meinen, wir kombinieren beide, knacken den Fall und fassen den Kerl. Wir schaffen das. Ich möchte, dass du zu mir nach Hause kommst«, wiederholte sie, und ihre Stimme hallte zwischen den Geräuschen des Cafés wider. Das Licht schwand, und wieder schien es Jack, als sähe er alles aus großer Entfernung.

»Warum willst du dieses Risiko eingehen?«

Er sah den Pulsschlag an ihrem Hals, ihr Blick flackerte, sie schien über alle möglichen Bedeutungen des Satzes nachzudenken.

»Weil ich diese Geschichte will«, sagte sie.

23

Sie wohnte in einem Zweizimmerapartment im Queen-Anne-Viertel nicht weit vom Kerry Park entfernt, mit Blick vom Hügel auf Apartmentdächer und Wolkenkratzer im Stadtzentrum. Die Space Needle schwebte wie eine aufgespießte fliegende Untertasse in unmittelbarer Nähe. An manchen sonnigen Tagen war die verschneite Bergspitze des Mount Rainier zu sehen, an den sich der Puget Sound schmiegte.

Auf der Fahrt hatten sie kaum ein Wort gewechselt. Nach ihrer Ankunft verriegelte Jessica alle drei Türschlösser und legte die Kette vor.

Sie hatte ihre Umzugskartons noch nicht ausgepackt, und Jack fiel ein, dass sie erst in der letzten Woche bei der Zeitung angefangen hatte. In ihrem Wohnzimmer stand ein Dutzend Kartons. Die ganze Wohnung roch nach ihr. Nach Nelken, Bitterorange und etwas Frischem. Jessica bestellte indisches Essen und warf das Telefon dann auf die Couch.

Das Apartment war klein und befand sich im Erdgeschoss. Ein kleines Zimmer, eine Matratze auf dem Boden und ein Schreibtisch voller Papierkram und Notizblöcke.

Über dem Schreibtisch hing eine Zeitleiste, die sie von Micaelas und Pfarrer Donnys letzten Tagen erstellt hatte. Auf einem Tischchen in der Zimmerecke stand ein Gerät für den Empfang des Polizeifunks, die Lautstärke war heruntergedreht worden, doch die Lichter blinkten alle. Auf dem Boden neben dem Schreibtisch lagen außerdem eine dickes Oxford English Dictionary sowie ein Synonymwörterbuch.

An der Wand über der Couch hing eingerahmt ein Artikel. Es war ein Interview mit William Caine Gray. Jack trat näher heran und las. Gray war ein Serienkiller, der in den Randbezirken von Boulder acht Frauen umgebracht hatte, indem er sie mit K.-o.-Tropfen betäubt und dann zerstückelt hatte. Unter dem Interview stand ihr Name. Das Interview war nicht im Gefängnis gemacht worden, sondern Teil einer Straßenumfrage über die Änderungen des Kreislaufwirtschaftsgesetzes der Stadt und Grays Meinung dazu.

»Heiliger Bimbam!«, rief Jack und sah zu Jessica hinüber.

»Tja«, antwortete sie.

»Hattest du bemerkt, dass etwas mit ihm nicht stimmte?«

Bei dieser Frage baute sich für einen Augenblick eine seltsame Spannung zwischen ihnen auf. Ihm entging nicht, dass ihr Blick durch das Apartment huschte und sich aufhellte, als sie zur Küche hinübersah. Hatte sie Angst vor ihm? Suchte sie nach einem Messer? Bereute sie, ihn nach allem, was sie über ihn erfahren hatte, trotzdem zu sich eingeladen zu haben?

»Ja«, sagte sie schließlich, als sie Jacks Blick nicht länger standhalten konnte. »Ich hatte es sofort bemerkt. Gleich nachdem er das Wort ergriffen hatte, das war eine andere Intensität. Bisher hatte ich bei so etwas immer einen guten Instinkt.«

Dann sah sie endlich zu ihm auf, und ihr Blick war herausfordernd und gelöst zugleich. Ihre Stärke wirkte wie eine Droge auf ihn, und ihm wurde klar, dass er von ihr mehr als nur Hilfe bei der Geschichte erwartete, mehr als nur Rückendeckung für den Fall, dass ihm etwas zustieß.

»Ist doch komisch, wenn man bei einer Straßenumfrage zufällig auf so jemanden stößt«, sagte er.

»Ja, das ist es wohl«, erwiderte Jessica. »Außer, man bedenkt, wie viele Menschen dort draußen herumlaufen, die zu schrecklichen Taten fähig sind. Ungefähr einer von sechzehn Männern ist ein Vergewaltiger. Die Wahrscheinlichkeit, dass man einen von ihnen interviewt, Lebensmittel bei ihm kauft oder ihn im Fernsehen Sport machen sieht, ist also ziemlich groß.«

Es klingelte an der Tür, und er bemerkte, wie sie erschrocken zusammenzuckte. Jessica sah durch den Spion, schloss dann auf und öffnete dem Lieferanten die Tür.

»Wir müssen uns zusammenreißen«, sagte sie und stellte das Essen auf den Küchentresen. »Spekulationen und Gefühle von Fakten trennen.«

Als er neben ihr stand, fiel ihm auf, dass ihre Hände leicht zitterten, als sie die Schachteln aus der Tüte zog.

»Wir müssen so einiges zusammenstellen, wenn wir Conlan überzeugen wollen«, sagte sie. »Ich meine, es ist doch verrückt. Jemand erstickt einen Pfarrer mit einem

Stein, das ist für mich ganz klar eine rituelle Handlung. Er hingegen hält es für einen persönlichen Rachefeldzug...«

Jack legte ihr eine Hand auf die Schulter. Er stand dicht neben ihr und war dankbar, dass sie ihn zu sich eingeladen und Essen bestellt hatte, und er war erfreut darüber, dass sie so stark und bereit war, sich an die Arbeit zu machen.

»Danke«, sagte er.

Sie drehte sich zu ihm um, legte den Kopf in den Nacken und sah ihm tief in die Augen. Er hatte den Drang, die Hand unter ihr Kinn zu legen und ihren Mund an seine Lippen zu führen.

»Ich danke dir«, sagte sie. »Seit Jahren lese ich deine Artikel, und ich... glaube, dass das wahrscheinlich der größte Scoop ist, den ich jemals bekommen habe.« Sie nahm seine Hand. »Ich bin so froh, dass du mir vertraust. Ich wusste nicht... ich meine, im Büro war es so seltsam. Nach dem letzten Abend... so wie es endete, habe ich mir Sorgen gemacht.«

»Aus gutem Grund. Das ist eine große Geschichte, und du hast gerade erst den Job eines Reporters übernommen, der seit Jahren bei uns war. Deine Namenszeile steht auf der Titelseite...«

Sie wurde rot und wirkte verlegen. »Nein, das meine ich nicht. Herrgott, das klingt so dämlich! Ich war... ich hatte Angst, du würdest mich nicht wieder küssen.«

Sein erstauntes Lachen brachte sie zum Lächeln, und sie hob fragend den Blick. »Das ist nicht der richtige Moment, ich weiß.« Dann sah sie ihn noch ein wenig länger an. »O Gott, sag bloß, du erinnerst dich nicht mehr daran! Ich hätte es gar nicht erst erwähnen sollen. Und jetzt, bei dem ganzen...«

Er nahm ihr Gesicht in beide Hände und küsste sie. Leidenschaftlich und heftig. Ein warmes Gefühl der Erleichterung durchdrang seinen Körper. Ihre Zielstrebigkeit, ihre Leidenschaft und Furchtlosigkeit der Geschichte gegenüber schürten sein Verlangen nur noch mehr. Ihre Haut war so unglaublich weich, sie schmeckte nach Kaffee. Sie schlang ihm die Arme um den Hals und schmiegte sich an ihn, und er hatte das Gefühl, als fügten sich ihre Körper perfekt ineinander. Er hatte andere Frauen gehabt und sie in Gedanken immer mit Emily verglichen, doch soweit er sich erinnerte, hatte er sich bei keiner anderen so lebendig gefühlt. Die Befreiung nach all den Jahren der Trauer und den Wochen der Angst war überwältigend.

Er fuhr ihr mit den Händen durch das Haar, sein Mund ruhte auf ihrem Hals. Er hob sie hoch, und sie schlang ihm die Beine um die Hüften. Dann trug er sie ins Schlafzimmer. Er hielt sie fest und presste ihren Körper gegen die Wand, als sie dort ankamen. Ihre feuchten Lippen lagen auf seinem Mund, während er sich aus seiner Kleidung befreite. Er vergrub seine Zähne in ihrer Haut, ihre Fingernägel krallten sich in seine Schultern. Eine pulsierende Wärme durchdrang seinen Körper, wie er sie seit Jahren nicht mehr verspürt hatte. Du heilst die schmerzenden Stellen in mir, von deren Existenz ich nichts ahnte, dachte er.

Später lag Jessica in der Morgendämmerung neben ihm mit offenem Notizblock und Stift in der Hand. Er hatte das Gefühl, gerade erst aufzuwachen, doch offensichtlich befanden sie sich mitten in einem Gespräch. Die Erinnerung an die vergangene Nacht kehrte zurück. Vogelgezwitscher und der morgendliche Verkehrslärm drangen von draußen herein.

Ihre Wangen waren gerötet, ihre Lippen geschwollen. »Keine weiteren Details?«, fragte sie. Er versuchte sich an das Gespräch zu erinnern. Neben ihm fühlte sich ihr Körper wunderbar warm an, und er wollte sie erneut.

»Also kein Username?«, fragte sie aufmunternd. Jetzt fiel ihm wieder ein, dass sie von Micaela gesprochen hatten. Das Online-Dating. Die Unterhaltung mit Lupe.

»Ich habe sie nicht danach gefragt«, sagte er.

»Und was ist mit dem Mann?«, fragte Jessica.

»Den weiß ich«, sagte Jack. »Arthur Fellig.«

»Das ist doch Weegee!«, rief sie.

»Wie bitte?«

»Der Kriminalfotograf Weegee«, sagte sie. »So heißt er mit richtigem Namen.«

24

Jack sprang auf, zog sich an und griff nach ihren Autoschlüsseln, die im Flur an einem Haken hingen.

»Was ist los?«, fragte sie, schlüpfte schnell in ihren Hosenanzug und kämmte sich die Haare glatt. »Ich will auch wissen, was los ist. Was hast du vor?«

Doch Jack war zu wütend, um zu reden.

»Ich bringe ihn um«, knurrte er und bemerkte, wie es auch ihr dämmerte. Arthur Fellig. Weegee. »Ellis«, flüsterte sie.

Sie griff nach ihrem Mantel am Haken, nahm ihm den Autoschlüssel aus der Hand und lief an ihm vorbei zur Tür.

Blinde Wut verzehrte ihn.

Sie raste in Richtung West Precinct, doch Jack war zu wütend und wies sie an, abzubiegen und stattdessen direkt ins Büro zu fahren. Sie nickte nur. Dann holte sie ihr Handy heraus, tippte auf Aufnahme und sprach während der Fahrt ihre Notizen auf. »Sieben Uhr morgens, fahre mit Jack Temple zur *Sun*«, sagte sie. »Informationen aus einem nicht aufgezeichneten Interview deuten offenbar darauf hin, dass Walter Ellis mit Micaela intimen

Kontakt hatte, bevor sie starb, und möglicherweise eine Zeugin bedrohte.«

Jack sah in den Seitenspiegel. Dicht hinter ihnen fuhr ein weißer Lieferwagen. Er berührte ihren Arm und bedeutete ihr, in den Rückspiegel zu sehen. Sie blickte auf, nickte und nahm dabei weiter ihre Sprachmemos auf. Es war verblüffend, wie professionell sie war. In diesem Moment wäre er selbst gern so gewesen. Aber er konnte nur daran denken, dass er den Kerl auch noch in Micaelas Haus mitgenommen und Fotos von ihrer Mutter hatte machen lassen. Beim nächsten Block fuhr der Lieferwagen langsamer und bog ab.

»Falls es wirklich Ellis ist«, sagte Jessica zu ihm und zum Aufnahmegerät, »widerlegt das die These einer Verbindung zwischen diesen Morden und dem Tötungsfall in London. Damals wäre er ein Kleinkind gewesen.«

Doch als Sophia verschwand, war er dreiundzwanzig, dachte Jack. Sophia kannte Ellis, sie war ihm oft genug begegnet und vertraute ihm. Er hatte die Fotos bei ihrer Aufführung in der Grundschule gemacht, Herrgott.

Er schlug mit der Faust gegen das Handschuhfach, bis seine Knöchel bluteten.

»Immer mit der Ruhe!«, beschwichtigte ihn Jessica, und ihre Gelassenheit machte ihn noch wütender. »Wir bringen die Geschichte an die Öffentlichkeit, aber ohne uns dabei den Hals zu brechen.«

Sobald sie in der Nachrichtenzentrale angekommen waren, lief Jessica schnurstracks zu ihrem Schreibtisch, fuhr ihren Computer hoch und begann zu tippen. Jack hingegen stapfte an Catherine vorbei, die in ihre Arbeit vertieft war und nicht einmal die Brauen hob. Conlan stand an der Tür seines Büros neben Ellis, der sein Handy in der Hand hielt und die Aufgaben des Tages eingab.

»Temple«, sagte Conlan und schien sich über Jacks Gesichtsausdruck zu wundern. »Gibt es neue Hinweise?«

Jack preschte vor, packte Ellis am Kragen seines Flanellhemds, schob ihn rücklings durch die Tür in das Büro des Verlegers und ließ die Jalousien herunter.

»Alter!«, stieß Ellis hervor. »Was zum Henker?«

Alle in der Nachrichtenzentrale waren aufgesprungen.

»Langsam, langsam, was ist hier los?«, schrie Conlan und stellte sich zwischen die beiden.

»Micaela Crawford«, sagte Jack.

»Er ist durchgeknallt, Danny, das habe ich dir doch gesagt«, meinte Ellis.

»Er ist ein Pädophiler!«, rief Jack. »Er hat mit Micaela Crawford geschlafen, sie auf Tinder aufgegabelt. Und er hat Micaelas Freundin eingeschüchtert, nichts davon zu erzählen.«

»Pädo ... nie im Leben!«, widersprach Ellis. »Ich habe mich noch nie auf einer Dating-App registriert.«

Aus Conlans Wut wurde Betroffenheit und Neugier.

»Ist das wahr?«, fragte Conlan an Ellis gewandt.

»Nein!«

Jack stürzte sich wieder auf ihn, da huschte Jessica herein und zeigte Conlan das Display ihres Handys.

»Hat er doch«, widersprach sie. Die Tinder-App war offen, Ellis' Gesicht war zu sehen. Darunter stand der Name Arthur Fellig. »Das habe ich heute Morgen herausgefunden«, erklärte sie.

Conlan sah sie bewundernd an. Dann warf er Ellis einen angewiderten Blick zu.

»Sie hat mir gesagt, sie sei achtzehn«, behauptete Ellis. »Man darf sich auf dem Portal nicht mal registrieren, wenn man noch nicht achtzehn ist. Also, ich meine … komm schon … Danny! Also, ich meine, sie war sechzehn, kein Kind mehr.«

Wieder wollte Jack sich auf ihn stürzen, doch Conlan packte ihn grob am Arm.

»Ihr seid beide eine Schande«, knurrte er.

»Wieso ich?«, fragte Ellis. »Es war reiner Zufall, dass sie ermordet wurde, und ich wollte diesen Auftrag gar nicht ausführen. Denkst du vielleicht, für mich war das in Ordnung? Danny! Frag dich lieber, warum Temple so an dem Fall klebt!«

»Weil das mein Revier ist und ich Profi bin«, erklärte Jack. »Du baust zu nichts und niemandem eine Bindung auf, du verdammtes Monster. Du hast Zeugen eingeschüchtert. Das macht nur jemand, der etwas zu verbergen hat.«

»Ich habe niemanden eingeschüchtert!«, schrie Ellis.

»Keiner von euch beiden ist ein Profi«, konstatierte Conlan. »Verschwindet aus meiner Nachrichtenzentrale!«

Catherine drängte sich zwischen die drei Männer. »Wir sind alle Reporter, und wir hängen alle mit drin. Manchmal kracht es eben. Stimmt's? Manchmal schläft man neben dem Getränkeautomaten. Danny, erinnerst du dich, als du Ciezalgos zu Boden geschleudert hast, weil er bei einer Besprechung auf deinem Stuhl saß? Wir sollten uns alle beruhigen, die Fakten ansehen und prüfen, was genau hier läuft.«

Die Atmosphäre entspannte sich, Conlan und Jack sahen sich an.

Conlan nickte. »Wir sollten es objektiv betrachten«, schlug er vor.

Jack nickte.

»Ich habe sie nur einmal gefickt«, sagte Ellis.

Enttäuscht ließ Conlan dic Schultern sinken und sah bewusst weg, als Jack ausholte und Ellis einen Faustschlag auf den Mund verpasste. Blut spritzte an die Jalousien und an den Türrahmen.

Catherine packte Jack und zog ihn näher zu ihrem Schreibtisch.

Ellis legte die Hand ans Gesicht.

»Raus!«, befahl Conlan. Ellis' Verletzung schien ihm gleichgültig zu sein, doch er war von beiden Kollegen angewidert und enttäuscht.

Catherine führte Jack zur Hintertreppe.

»Sagst du mir mal, was hier los ist?«, fragte sie, als sie die Tür hinter sich geschlossen hatte.

»Es ist Ellis«, sagte er. »Es ist Ellis, und ich werde es beweisen.«

Sie holte eine Zigarette aus der Tasche, steckte sie in den Mund, zündete sie aber nicht an. Die Tür zum Treppenhaus öffnete sich, und Jessica sah um die Ecke.

»Alles in Ordnung?«, fragte sie.

»Bestens, Schwester«, sagte Catherine und wimmelte sie ab.

»Jack ...«, begann sie. »Ich ...«

»Alles gut, Jess«, beruhigte er sie.

»Ich simse dir«, sagte sie, nickte und zog sich zurück.

»Jess?«, fragte Catherine. »Ich simse dir? Was läuft hier?«

»Nachdem Conlan mich vom Fall Pfarrer Donny abgezogen hat, habe ich mich gestern mit ihr getroffen und ihr alle Hintergrundinformationen geliefert.«

»Ich wette, das hast du getan.«

»Cat, es ist ernst.« Er lief neben ihr die Betontreppe hinunter zur Laderampe.

»Das weiß ich«, sagte sie. »Und wir gehen zum Arzt.«

»Du glaubst nicht, dass es Ellis ist?«

Sie blieb stehen und wandte sich ruckartig zu ihm um. »Genau«, sagte sie. »Ich glaube, dass Ellis ein Widerling ist, aber ein Killer ist er nicht. Er ist einfach noch so ein Kerl, der das Ausmaß seiner Verdorbenheit leugnet. Du magst es vielleicht nicht gutheißen, dass er mit Sechzehnjährigen schläft, aber Schätzchen, als ich sechzehn war ...«

»Hör auf!«, unterbrach er sie. »Einfach ...«

»Hör mal, weißt du, was ich glaube?«, fragte sie. »Ich glaube, du brauchst eine Pause, denn wenn du nicht runterkommst, verlierst du nach fünfundzwanzig Jahren in diesem Metier deinen Job. Und das sehe ich nicht mit an. Du kannst von Glück reden, wenn Conlan und Ellis dich nicht verhaften lassen, das weißt du.«

»Ich kann nicht zum Arzt gehen, ich bin mit Dean zum Abendessen verabredet.«

»Na klar«, spottete Catherine. »In sechsunddreißig Stunden, heute ist nicht mal Dienstag.« Sie wählte eine Nummer und wartete. »Ja, hallo, ich würde gern einen Termin bei David Sklar vereinbaren.«

»Nie im Leben bekommst du so kurzfristig noch einen Termin«, wandte Jack süffisant ein. »Er nimmt nie jemanden am gleichen Tag an.«

»Ja, hier spricht Catherine Liberatore«, sagte sie ins Telefon.

Sie lächelte Jack an. »Ja, genau«, sagte sie ins Telefon. »Danke! Viertel vor zehn ist perfekt.«

Jack schüttelte den Kopf.

»Komm schon!«, rief sie. »Wo steht dein Wagen? Herrgott, du willst mir doch nicht erzählen, dass sie dich auch zur Arbeit gefahren hat! Vergiss es, ich fahre.«

Catherine knallte die Tür zu, klappte die Sonnenblende herunter, und er setzte sich neben sie.

Jack sah sich suchend auf dem Parkplatz um und linste in den Seitenspiegel. Catherine beobachtete ihn aufmerksam.

»Ich sehe dem nicht noch einmal zu«, erklärte sie. »Auf keinen Fall.«

25

»Du brauchst nicht im Wartezimmer mit mir herumzusitzen«, sagte Jack

»Ich weiß, aber ich möchte es gern«, antwortete sie und blätterte in einer abgegriffenen Ausgabe des *Oprah Magazine.*

Sein Handy klingelte, er ging dran. Chens Stimme begrüßte ihn in barschem Ton. Sie teilte ihm mit, dass sie Walter Ellis zur Befragung abgeholt hätten und er ganz offensichtlich tätlich angegriffen worden sei.

»Das ist eine Schande«, sagte er. »Ich gehe mal davon aus, dass er die Information hat, die du brauchst.«

»Die Information, die er hat, sagt uns, dass wir dich auch gleich abholen sollten, aber bei der *Sun* gibt es keine Zeugen. Conlan behauptet, er sei gegen eine Tür gefallen.«

»Ziemlich ungeschickt«, antwortete Jack.

»Hör zu, Temple!«, sagte Chen in offiziellem Ton. »Wir befragen ihn und überprüfen seine DNA. Wir haben das unter Kontrolle, hast du verstanden? Ich werde keine Fragen zur Überdosis der Crawford mehr beantworten. Die Todesursache wurde festgestellt. Das ist ein getrenntes Thema, und sollte ich nur den geringsten Verdacht auf

Selbstjustiz haben, befördere ich deinen Arsch hierher und sperre dich lange weg. Ist das klar?«

»Sonnenklar«, erklärte er.

Erleichtert, dass Ellis in Untersuchungshaft saß, legte er auf. Er vertraute auf Amy, denn sicher ging sie den anderen Hinweisen nach. Allein die Tatsache, dass sie seine DNA überprüfte, war schon ermutigend. Mochte ja sein, dass er ihr keine weiteren Fragen stellen sollte, aber er hatte ihr den Hauptverdächtigen geliefert.

Eine Krankenschwester kam in das Wartezimmer und rief Catherines Namen. Jack stand auf.

»Oh, verstehe, der Termin war für Ihren Mann«, sagte die Krankenschwester.

Catherines lautes Lachen folgte ihnen den Gang entlang. Nach kurzer Wartezeit betrat Dr. Sklar sein Sprechzimmer. Mit einem schelmischen Grinsen sah er von seinen Unterlagen auf und wirkte dann offensichtlich enttäuscht, als er Jack vor sich sitzen sah. Aber je länger er ihn ansah, desto besorgter wurde er.

»Wie sieht es mit den Blackouts aus?«, fragte Sklar.

»Sie sind eine willkommene Auszeit von der Realität«, entgegnete Jack trocken.

»Willst du mir sagen, wie du dir die Schnitte an den Händen zugezogen hast?«

»Das sind keine Schnitte«, sagte Jack.

Sklar runzelte die Stirn. Er überprüfte Jacks Organfunktionen und schien seinen Gedanken nachzuhängen. »Kaum zu glauben, dass du erst vor einer Woche hier warst«, wunderte er sich.

Jack nickte.

»Wir erörtern das nicht länger«, sagte Sklar. »Du

nimmst ab jetzt eine Tablette abends und wenn nötig eine am Tag. Aber du darfst nicht Auto fahren oder schweres Gerät bedienen.« Er reichte Jack ein Rezept, öffnete einen Schrank im Untersuchungszimmer und holte mehrere Packungen heraus. »Hier, das sind ein paar unverkäufliche Muster, damit du gleich eine Tablette nehmen kannst und nicht erst zur Apotheke musst.«

»Rivotril?«

»Schau mal, ob es dir hilft. Ich will, dass du runterkommst und etwas Schlaf kriegst.«

Catherine wartete im Wartezimmer neben dem sprudelnden Aquarium, blätterte in einer Ausgabe von *House & Garden* und kaute an einem Fingernagel.

»Was hat er gesagt?«, fragte sie.

»Er hat gesagt, dass ich dir Grüße ausrichten soll, und hat mir das gegeben«, erwiderte Jack und hielt die Probepackungen und das Rezept hoch.

»Halleluja, dann lass uns von hier verschwinden!«

Er schob die Medikamente in die Tasche.

Es hatte gerade zu regnen begonnen. Zwei weiße Lieferwagen standen auf dem Parkplatz, der eine war mit grauem Staub am unteren Rand der Hintertüren bedeckt. Er fuhr im gleichen Moment hinaus wie Catherine, doch sobald sie die Ausfahrt erreicht hatten, erfand Jack eine Ausrede, damit sie anhielt und der Lieferwagen um sie herumfahren musste. Der Fahrer trug eine Kapuze, aber im Nieselregen war sein Gesicht nicht zu erkennen. Jack beugte sich vor, um das Nummernschild zu sehen, doch der Lieferwagen rauschte schnell weiter und verlor sich im Verkehr.

»Na, der hat es aber eilig«, meinte Catherine.

26

Eine Stunde später saß Jack wieder in seinem Wagen, und die Sonne kroch langsam hinter den Wolken hervor. Er vermied die Pontonbrücke auf der Interstate 90, nahm stattdessen die Rainer Avenue South und fuhr über die bewaldete Straße zu Emilys Haus und wollte ihr weitere Fragen zu Micaela stellen. Er zog die Tabletten aus der Jackentasche und stopfte sie ins Handschuhfach. Außerdem vergewisserte er sich, dass er den Scheck für Deans Schulgeld in die Hemdtasche gesteckt hatte.

Die kurvige Einfahrt zum Seiteneingang war von einem Gärtner gestaltet worden, und das Haus hatte im vergangenen Jahr einen frischen Anstrich erhalten. Das Gebäude, in dem er so viele Jahre gewohnt hatte, war ihm fremd geworden. Immer wurde irgendetwas am Haus oder im Garten erneuert, Blumentöpfe, Amphoren oder Wasserbecken. Während Jack allerhöchstens gelegentlich den Rasen gemäht hatte, hatten Emily und Randy den Garten in einen Park verwandelt. Hochbeete mit Rosen, Kräuterbeete, Gemüsegarten.

Er parkte den Wagen und ging um das Haus zum Eingang. Zedern flankierten die Tür. Gerade als er klingeln wollte, rief Randy ihm etwas zu. Jack drehte sich um und sah, wie Randy ihm kniend aus dem Steingarten zuwinkte. Er beugte sich über irgendein Kopfsteinpflaster, neben ihm lag eine Schere. Mit Mühe unterdrückte Jack den Ärger, der in ihm aufstieg.

»Jack, schön, dich zu sehen«, sagte Randy und kam auf ihn zu.

»Hi, Randy, ich bin nur vorbeigekommen, um Emily etwas zu geben. Ist sie da?«

»Nein, leider nicht.« Randy kam näher und legte einen runden Pflasterstein auf die Armlehne eines Gartenstuhls, der auf der Veranda stand. Dann zog er seine Gartenhandschuhe aus. »Ich kann dir bestimmt auch weiterhelfen oder ihr eine Nachricht überbringen.«

Jack zog den gefalteten Scheck aus der Tasche. »Hier«, sagte er. »Das wollte ich dir schon letztes Mal geben. Für Deans Ausbildung.«

»Oh, das ist wirklich sehr nett von dir, aber ich glaube nicht, dass Emily das annimmt«, meinte Randy.

»Vielleicht kannst du sie ja überzeugen«, sagte Jack. »Ich wäre dir dankbar, wenn du es versuchen würdest.«

»Das ist sehr großzügig«, sagte Randy. »Sehr großzügig, aber es ist wirklich nicht nötig.«

Jack verspürte das dringende Bedürfnis, Randy einen Schlag ins Gesicht zu verpassen, und vergrub stattdessen die Hände tief in den Taschen.

»Jack, ich beobachte dich und mache mir Sorgen«, sagte Randy. »Emily macht sich Sorgen. Pfarrer Donnys Tod hat alle aufgewühlt, aber du hast dir nicht einmal die Zeit genommen, um zu trauern, Teil der Gemeinde zu sein oder Zeit in der Natur zu verbringen.«

»Ich trauere auch um Donny«, beteuerte Jack. »Deshalb kann ich aber meine Arbeit nicht einfach aufgeben. Vielleicht kannst du das nicht nachvollziehen, doch meine Art der Verarbeitung besteht darin, möglichst herauszufinden, wer es getan hat, wie es passiert ist und warum. Das trägt auch zur Sicherheit aller bei.«

Jack dachte an die Genugtuung, die er verspürt hätte, wenn er Randys Gesicht auf die harten Pflastersteine gedrückt hätte.

»Wir brauchen alle Unterstützung«, sagte Randy. »Wir brauchen alle Gottes Liebe.«

»Und wir brauchen alle investigativen Journalismus, sonst würden wir nicht erfahren, was zum Teufel in der Welt passiert.« Jack spürte, wie ihm das Blut zu Gesicht stieg.

Randy lächelte unterwürfig. »Verstanden«, sagte er. »Was hältst du davon, wenn ich den Scheck nehme und ihn auf Deans Konto einzahle? Dafür kommst du zum gemeinsamen Essen und Beten vorbei.«

Am liebsten hätte Jack Randy in seinen perfekt gestalteten Steingarten gestoßen. »Klar, Mann«, sagte er stattdessen. »Wenn ich Zeit habe, komme ich vorbei.« Er übergab Randy den Scheck.

Randy lächelte, und ohne sich umzudrehen, ging Jack zu seinem Wagen, spürte aber Randys Blick im Rücken.

»Einen gesegneten Tag!«, rief Randy ihm nach, steckte den Scheck in die Hemdtasche und zog seine staubigen Gartenhandschuhe wieder an.

27

Der Schein der Straßenlaternen fiel durch die Vorhänge herein und warf einen schimmernden Glanz auf ihre fahle, blasse Haut. Er wusste nicht, wie lange er sie schon angestarrt hatte, wie viel Uhr es war oder wie er hierhergekommen war. Und in der Dunkelheit wollte er es gar nicht wissen.

Auf ihrem Schreibtisch stapelten sich Unterlagen, und an der Wand hing eine neue Zeittafel. Am Boden neben der Matratze waren Bücher aufgeschichtet, als hätte sie sie gerade erst ausgepackt. Sachbücher über Serienmörder. Joan Didions Abhandlung, ein Roman von Jean Genet, Reiseführer über den Nordwestpazifik und Osteuropa.

Jessica schnurrte leise, die erste Morgenröte erhellte das Zimmer. Er betrachtete ihren straffen Körper und fuhr mit einer Hand über ihre weiche Haut. Ihr Mund wirkte geschwollen, ihr Haar verfilzt, und ihr Rücken sah aus, als wäre er in die Matratze gepresst worden. Sie hatte eine Hand auf die Brust gelegt. Er spürte wieder das Hochgefühl, das in seinem Körper nachklang, das Gefühl, seine Muskeln richtig eingesetzt zu haben. Die Mühen der Nacht kehrten verschwommen zu ihm zurück, auch wenn die Abfolge der Ereignisse irgendwie durcheinandergeraten war. Er hatte einen Arm um Jessicas Hüfte gelegt, dann ihr Gewicht auf seinem Körper, während er ihre Taille umklammerte. Ihre Zähne auf seiner Unterlippe, als sie ihn sanft biss. Jack lief das Wasser im Mund zusammen, er war erregt, als er ihren schweren, süßen Atem am Ohr spürte.

Er brauchte kein Beruhigungsmittel, er brauchte nur das.

Sie bewegte sich neben ihm, öffnete die Augen und lächelte leicht.

»Mmm, Jack Temple«, flüsterte sie und rückte etwas näher an ihn heran. Genau in diesem Moment, als sie die Arme um ihn legte, klingelte der Wecker. Sie griff über ihn hinweg nach dem Handy auf dem Boden und machte ihn aus. Dann stand sie auf und verschwand im Bad. Er nahm ihr Handy und sah auf das Display. Es war Mittwochmorgen.

Jack klaubte seine Kleidungsstücke vom Boden neben dem Bett und von der Couch auf. Er setzte Wasser auf und freute sich auf einen neuen Tag der Berichterstattung, der vor ihm lag. Dann aber fiel ihm wieder ein, dass man ihn am Tag zuvor nach Hause geschickt und er den ganzen Tag freibekommen hatte.

Sein Display zeigte zwei verpasste Anrufe von Catherine an, einen von Conlan und einen von Emily. Erleichtert stellte er fest, dass der Name seiner Ex-Frau ihm kein Herzrasen mehr verursachte wie noch bis vor Kurzem. Er sah aus dem Fenster und freute sich, dass sein Wagen vor dem Haus parkte. Soweit er sehen konnte, stand außerdem nirgends ein weißer Lieferwagen. Die Nachbarschaft wirkte ruhig. Mehrere Leute mit Kaffeebechern waren unterwegs, ein Mann im Anzug stieg in sein Auto.

Der Wasserkessel pfiff. In ein Handtuch gewickelt, kam Jessica aus der Dusche, schlüpfte in eine schwarze Hose und eine schwarze Seidenbluse. Wie ein leichter elektrischer Schlag durchfuhr es Jacks Körper, als sie sich einen Anhänger um den Hals hängte. Zum ersten Mal fiel ihm auf, dass es eine kleine silberne Schreibmaschine war. Sie kämmte sich das Haar.

»Warum auch immer habe ich nicht daran gedacht, das Gästebuch der Konfirmanden in Heavenly Rest durchzugehen«, sagte sie. »Oder das Buch mit den Fürbitten.« Sie redete hastig.

»Es könnte uns helfen, Zeugen zu finden«, stimmte er zu.

»Heute sollte ich alle Infos zu den Reinigungskräften bekommen«, sagte sie. »Darauf setze ich noch immer, denn ich glaube einfach nicht, dass es ein Teilnehmer an der Konfirmation war. Viel eher war es jemand, der dort regelmäßig zu tun hatte.«

»Definitiv jemand, der ihn im Visier hatte«, stimmte Jack ihr zu. »Bei dem Verbrechen oder der Botschaft, die damit übermittelt werden sollte, wurde nichts dem Zufall überlassen.«

»Und wie lautete deiner Meinung nach die Botschaft?«

»Dass Donny den Mund halten solle.«

»Vielleicht«, meinte sie. »Ist dir letzten Abend irgendwer gefolgt?«

Er schüttelte den Kopf. Im Moment fühlte er sich sicher.

»Donny kannte jeden«, sagte sie.

»Ja.« Jack erinnerte sich an die Drei-gegen-drei-Basketballspiele im Kirchenhof. Alle Teenager der Gegend kamen gern vorbei, weil sie den ungewöhnlichen Pfarrer sehen wollten, der vor dem Korb auf und ab sprang und wie ein Bauarbeiter fluchte, wenn er einen einfachen Schuss verfehlte. Zwischen den Spielen redete Donny von Liebe und Umweltschutz, vom Schaden, den der saure Regen anrichtete, und dass er es kaum erwarten konnte, wenn die Firmenbosse dieser Unternehmen endlich bekamen, was sie verdienten.

»Und er hat vielen Menschen geholfen, war sehr großzügig. Außerdem arbeitete er mit gefährlichen Jugendlichen, und die Gefahr ging nicht immer von denen aus, sondern von deren Umfeld. Vielleicht hat er etwas gesagt oder getan, einen Verwandten, einen Bandenboss oder einen gewalttätigen Partner verärgert.«

»Das hast du letzte Nacht auch schon gesagt«, meinte sie, beugte sich zum Spiegel vor und tuschte sich die Wimpern. Dann hielt sie inne, fuhr sich mit einem mattdunklen Lippenstift über die Lippen und tupfte sie mit einem Taschentuch ab. »Und ich bin immer noch nicht davon überzeugt. Aber Conlan wird sich freuen, wenn du auch mal etwas anderes als einen Serienmörder in Betracht ziehst«, sagte sie und lächelte. »Auf jeden Fall siehst du heute deutlich entspannter aus als gestern«, fügte sie hinzu und lächelte ihn verschmitzt an.

In der Küche trank sie mit drei großen Schlucken eine Tasse heißen schwarzen Kaffee aus.

»Jessica, du bist mir eine«, sagte er.

»Nein«, widersprach sie strahlend. »Du bist mir einer. Das war die aufregendste Arbeitswoche, die ich jemals hatte. Ich habe mit einem berühmten Journalisten geschlafen und dann mit angesehen, wie er einem Hipster ins Gesicht geschlagen hat.«

Die Sonne schien jetzt und trocknete die Straßen, er küsste sie bei ihrem Auto zum Abschied und stieg in seinen Wagen, als sein Telefon klingelte. Sharon Morgan war dran.

»Jack«, sagte sie, »ich habe Neuigkeiten.«

»Ich bin ganz Ohr«, forderte Jack sie auf und steuerte den Wagen Richtung Innenstadt.

»Thom Anderson hatte gerade seinen letzten Arbeitstag.«

Er kicherte. »Shari, das war unvermeidbar, das sind keine Neuigkeiten.«

Sie seufzte und lachte dann. »Okay, hör zu! Emily hatte recht. Micaela hatte einen Stein in der Tasche. Er war flach und etwa faustgroß. Thom hat ihn nicht protokolliert, und das Stück war bezüglich DNA und Kriminaltechnik zweifellos wertlos, aber es war da.«

»Kann man ihn irgendwie mit dem Stein in Verbindung bringen, den Pfarrer Donny im Mund hatte?«

»Das lässt sich unmöglich feststellen. Alles, was den Mord an Pfarrer Donny betrifft, ist noch bei der Spurensicherung. Oberflächlich betrachtet sehe ich keine wirkliche Verbindung. Ich denke, Pfarrer Donny nutzte ihn als Briefbeschwerer oder etwas Ähnliches. Für den Killer war er ein praktischer Gegenstand. Bei Micaela ist es rätselhafter. Ihr Tod war kein Mord. Jedenfalls sammeln Kinder manchmal seltsame Dinge. Sie hatte auch Kolophonium in ihrer Tasche, ein paar Knicklichter, einen halben Snickers-Riegel, einen Flakon mit blauem Nagellack.«

»Was ist deine Vermutung?«

»Ich meine, vielleicht hat sie Mercer beobachtet, wie er auf der Fremont Abbey auf den Stein trat, zum Beispiel auf dem Fußweg. Sie wollte ihn haben, weil er ihn berührt hatte. Vielleicht gefiel ihr auch die Form, und sie wollte ihn für ein Kunstprojekt verwenden, es waren ein paar Kratzer drauf. Ich weiß da nicht mehr als du.«

»Danke, Sharon«, sagte Jack. Er war dankbar für die Information und erleichtert, dass sie so freundlich wie immer gewesen war. Offenbar hatte sie noch nicht gehört, dass er Ellis niedergeschlagen hatte.

Er rief Conlan an.

»Notier es, und schick Jessica ein paar Hundert Wörter dazu«, verlangte Conlan. »Aber du kommst nicht her. Außerdem ist heute die Woche vorbei, in der du mir Beweise liefern konntest. Du bist zwangsbeurlaubt.«

»Danny…«, begann Jack.

»Nein. Wenn du wüsstest, was ich auf mich nehmen musste, nur um dich behalten zu können, würdest du endlich dein verdammtes Maul halten.«

Conlan legte auf.

Jack machte eine Kehrtwendung und raste Richtung Musikschule.

28

Jack fuhr auf den Parkplatz, der dem Eingang am nächsten lag, und wartete. Zuerst sah er sie im Rückspiegel. Sie trug Jeans, Chucks, ein offenes Flanellhemd und darunter ein enges schwarzes T-Shirt, das ihre Taille betonte. Sie hatte ihre Geige dabei. Er stieg aus dem Wagen.

Sie wirkte verstört, als sie ihn erkannte, und starrte stur geradeaus.

»Lupe!«, rief er leise, sobald sie in Hörweite war.

»Was wollen Sie hier?«, fragte sie und blieb ein paar Meter von ihm entfernt stehen.

»Ich wollte dir nur sagen, dass Arthur Fellig festgenommen wurde«, sagte er.

»Das weiß ich«, sagte sie. »Das haben Sie mir gestern Abend schon am Telefon gesagt.«

Jack war erstaunt.

»Ich habe keine weiteren Informationen und will nicht mit Ihnen reden«, sagte Lupe. »Ich habe Schwierigkeiten mit meiner Mom bekommen, weil ich sie angelogen habe und Sie den Cops von mir erzählt haben. Und Ihretwegen denken die Leute jetzt auch noch, dass Micaela eine Schlampe war.« Ihre Stimme zitterte.

»Es tut mir leid«, sagte er. »Es tut mir leid, dass du in Schwierigkeiten steckst. Aber das denkt niemand. Kein vernünftiger Mensch denkt so etwas.«

Sie musterte ihn spöttisch. »Woher wollen Sie das wissen?«

»Hör zu!«, sagte Jack. »Micaela trug einen Stein bei sich, sie hatte einen flachen Stein in der Tasche. Machte sie das öfter? Trug sie immer einen bei sich? Warst du dabei, als sie ihn aufhob?«

»Im Ernst?«, fragte Lupe. »Ich weiß es nicht, ich habe nicht jede ihrer Bewegungen ausspioniert. Vielleicht hat sie einen Stein aufgehoben, ich habe keine Ahnung. Die Leute tun schon mal so was.« Obwohl sie cool klang, war nur zu deutlich zu sehen, dass sie verängstigt war.

Er versuchte es in einem anderen Ton.

»Okay. Tat sie so was? Ich meine, sammelte sie Sachen? Machte sie Kunstprojekte?«

Lupe holte Luft und dachte einen Augenblick lang darüber nach.

»Ja... also, sie machte Collagen. Ihr ganzes Zimmer war eine große Collage.« Der Gedanke daran zauberte ein Lächeln auf ihr Gesicht, das er schon einmal bei ihr gesehen hatte. »Kann schon sein.« Lupe blickte zu Boden und sah dann wieder Jack an. »Okay. Ich muss jetzt zur Schule. Sind wir fertig? Werden Sie aufhören, mich anzurufen? Schließlich habe ich das alles schon der anderen Reporterin von der *Sun* erzählt, noch bevor Sie mich verfolgt haben und sich mit mir treffen wollten.«

»Wie bitte?«

»Die andere Reporterin, eine Frau mit dunklen Haaren. Ich glaube, sie hieß Jess.«

»Du hast mir sehr geholfen«, sagte Jack. Er würde später mit Jessica sprechen.

»Okay.« Lupe sah aus, als würde sie gleich losheulen. »Können Sie jetzt bitte aufhören, mich anzurufen und mir zu folgen?«

»Ja«, sagte er. »Lupe, ich wollte dich nicht belästigen. Ich wollte nur herausfinden, was Micaela zugestoßen ist. Es war sehr mutig von dir, über das alles zu sprechen.«

Sie nickte ihm kurz zu und betrat das Gebäude. Der Geigenkasten schlug seitlich gegen ihr Bein.

Conlan war sauer auf ihn, aber Jack hatte immer noch seinen Job. Und die schlaueste Reporterin, die er kannte, arbeitete mit ihm an der Geschichte. Jack stand eine Weile da und sah den Musikstudenten nach, wie sie die Schule betraten, und zum ersten Mal seit Jahren fühlte er, wie der tägliche Schmerz über Sophias Verlust, ihre Abwesenheit, in den Hintergrund rückte. So wie die Bilder der aufgequollenen stummen Jungen, die aus dem seichten Wasser gefischt worden waren. Jack Temple spürte es jenseits der Dunkelheit, ein lang verschüttetes Gefühl regte sich in ihm. Ein Licht am Ende des Tunnels, dachte er. Zum ersten Mal seit Jahren ein Ausweg, so etwas wie Hoffnung.

29

Hohl klingende Aufschläge prallten vom Holzboden ab und stießen gegen Jacks Schädel, als er von der Umkleidekabine zum Spielfeld ging. Die Turnhalle im Seattle Vocational Institute war groß und hell und wurde von fluoreszierenden Neonlampen an der Decke beleuchtet. Als Dean ihn spontan zu einem Spiel eingeladen hatte, hatte er sich zuerst geweigert, dann aber doch recht rasch zugesagt, anstatt wie sonst mit ihm essen zu gehen. Ein wenig mehr Training konnte nicht schaden. Außerdem hatte Jack so die Möglichkeit, seinen Sohn einmal in einem anderen Zusammenhang zu sehen. Und vielleicht seine Freunde zu treffen.

Dean und ein paar andere schlaksige Jungen warfen Körbe und machten Dehnübungen. Sam, Deans Betreuer, kontrollierte sein Klemmbrett.

Jack warf sein Sweatshirt auf eine Bank und lief zu Dean, fing einen Abpraller und dribbelte von seinem Sohn weg. In einer fließenden Bewegung hoben sich seine Füße vom Boden, er streckte die Arme aus, und der Ball segelte in einem eleganten Bogen von seinen Fingerspitzen zum Korb und landete rauschend im Netz unter dem Reifen.

Dean lachte. »Du hast es noch drauf, alter Knabe!«, rief er und schüttelte vorgetäuscht ungläubig den Kopf.

Sam gestikulierte von der Seitenlinie aus, und die zusammengewürfelte Gruppe versammelte sich. Es waren Studenten, junge Büroangestellte und Männer mittleren Alters, Eltern oder vielleicht Lehrer. Sam war sportlich und hatte dunkles, an den Schläfen leicht grau meliertes Haar, das er kurz geschnitten trug. Als Jack ihn in der Kirche gesehen hatte, war er ihm jünger als er selbst und Emily erschienen, aber jetzt wirkte er im selben Alter, nur fitter und weniger gestresst.

»Du bist groß«, sagte Sam, als eine Frau Ende zwanzig mit sportlich hochgebundenem blondem Pferdeschwanz erschien und die Gruppe in Teams aufteilte. »Hast du schon mal Basketball gespielt?«

Jack schüttelte den Kopf und schüttelte damit auch die Bilder ab, die wieder in ihm aufstiegen. »Nur als Kind«, erklärte er.

»Wir sind keine große Sportschule«, sagte Sam und nickte den schlaksigen Spielern zu. »Offensichtlich. Aber diese improvisierten Spiele sind für alle toll. Und Dean macht sich, er ist ein Naturtalent.« Sam rannte in die Mitte des Felds, griff sich den Ball und warf ihn mit einem Arm locker auf Jack zu. Daran, wie Sam sich auf dem Spielfeld bewegte, erkannte Jack, dass er wohl lange Spielerfahrung hatte. Er konnte verstehen, warum Dean ihn mochte. Jack dribbelte den Ball entschlossen über die Mitte hinaus zu dem großen, blassen Jungen und platzte vor Stolz, als Dean mit Gebrüll aufsprang, um den Wurf des Jungen zu blockieren, und den Ball dann rollend zu einem Teammitglied schickte, das das Spielfeld hinunterrannte und locker einen Korb legte. Voller Enthusiasmus beobachtete Jack, wie sein Sohn rannte und sprang, fluchte und blockierte. Er hatte den Jungen schon lange nicht mehr spielen sehen.

Nach dreißig Minuten war Jack in Schweiß gebadet, hochrot im Gesicht und fühlte sich fantastisch. Dean sah genauso aus. Jack drückte seinen Sohn an sich. Das Team schüttelte Hände.

Sam reichte Jack einen Zettel von seinem Klemmbrett. »Hier, das sind die Termine, falls es dich interessiert. Manchmal gehen wir danach noch auf einen Drink.«

Nichts an seiner Art erinnerte an religiöse Inbrunst oder scheinheiliges Gehabe, wie Jack es bei Randy beobachtet oder bei Sam in der Heavenly Rest zu sehen geglaubt hatte.

Jack zog sein T-Shirt hoch und wischte sich den Schweiß aus dem Gesicht. »Es interessiert mich«, sagte er. »Danke!«

Danach begleitete Dean seinen Vater durch den Haupteingang zum Parkplatz und blieb am Rand mit ihm stehen.

»Du hast dich ziemlich gut geschlagen, mein Junge«, sagte Jack zu ihm.

»Hätte nie gedacht, dass mir so was gefällt«, erwiderte er, und seine Miene wirkte offen und munter.

Ein glänzend roter Mazda Compact fuhr heran, ein Mädchen mit klarem, durchdringendem Blick lehnte sich aus dem Rückfenster. »He, Temple, kommst du noch mit zum *Library?*«

Na klar, dachte Jack. *The Library* war eine Kneipe.

Dean grinste Jack an, umarmte ihn kurz und heftig und hüpfte in den Wagen.

»Pass auf dich auf!«, rief Jack hinter ihm her, als die jungen Leute in die Nacht hinausfuhren.

Dann schlenderte er pfeifend zu seinem Auto und trat dabei gegen einen kleinen grauen Stein, der vor ihm auf dem nassen Asphalt lag.

30

Jessica stand in ihrem Feierabendoutfit in der Tür. Sie trug ausgewaschene Jeans, ein enges schwarzes T-Shirt und gestreifte Socken.

»Zwangsurlaub steht dir«, sagte sie und musterte Jacks schlanke Gestalt und sein rosiges Gesicht.

»Ich versuche nur auf dem Spielfeld mit den Zwanzigjährigen mitzuhalten«, lachte Jack.

»Finde ich gut«, kommentierte sie, kam auf Zehenspitzen einen Schritt auf ihn zu und drückte ihm einen Kuss auf den Mund. Sie schmeckte nach salzigem Essen und süßem Wermut. Dann trat sie zur Seite und ließ ihn ein.

Hinter ihr auf dem Küchentisch stand ihr Laptop. Er war offen, und ringsum lagen verschiedene Blöcke, die mit ihren Notizen vollgeschmiert waren.

»Irgendeine Spur von dem weißen Lieferwagen?«, erkundigte sie sich.

Er schüttelte den Kopf. »Wie war es bei der Arbeit?«, fragte er zurück.

»Gut. Ich habe einige Leute befragt, die in der Kirche arbeiten, und habe etwas Zeit freigeschaufelt, um mich mit Chen auszutauschen. Sie ist großartig.«

»Das ist sie«, stimmte Jack zu.

»Wusstest du, dass sie eine Ausbildung zur Scharfschützin hat?«

»Ja, wusste ich. Amy ist krass. War zwei Jahre in Afghanistan. Aber sie hat nicht immer den richtigen Riecher.«

»Gut zu wissen«, meinte Jessica. Jack spürte, dass sie sich nur auf ihren eigenen Instinkt verließ und ihn nur bei Laune hielt, indem sie ihm gestattete, ihr Ratschläge zu erteilen.

»Was?«, fragte sie und sah ihn von der Seite an.

»Nur du«, sagte er.

Sie küsste ihn wieder, und er fuhr mit einer Hand hinter ihren Kopf, griff mit den Fingern in ihr Haar, drehte sie dann unvermittelt zu sich um und zog mit der anderen Hand den Reißverschluss ihrer Jeans herunter. Mit leisem Stöhnen streifte sie ihr T-Shirt hoch, lehnte sich gegen die Wand, während Jack sie um die Hüften festhielt. Es war heftig, schnell und großartig, und danach drückte er mit weichen Knien ihren Körper an sich und fuhr mit dem Mund sanft an ihrem Hals entlang.

»Gut gemacht, Temple«, sagte sie.

Jack warf einen Blick auf ihre Notizen, bis sie wieder aus dem Bad kam und beiden ein Glas Bourbon einschenkte, Eiswürfel hineinwarf und ihm eines davon reichte.

»Hatte Chen Treffer mit Ellis' DNA?«, fragte Jack.

Jessica schüttelte den Kopf.

»Ellis ist clever«, sagte Jack. »Schlauer, als er aussieht. Das wird eine große Story, wenn ich die Arbeit bedenke, die er über all die Jahre gemacht hat. Er fotografierte Gräber und Tatorte. Irgendwann reichte es ihm, sie nur zu sehen und Fotos zu schießen.«

»Ja, aber das Einzige, weswegen sie Ellis drankriegen konnten, war Unzucht mit Minderjährigen«, sagte Jessica. »Er gibt zu, ein einziges Mal Sex mit Micaela gehabt zu haben. Da sie aber nicht mehr aussagen kann, werden wir nie erfahren, ob sonst noch etwas passiert ist.«

Jack starrte sie ungläubig an und ließ die Worte auf sich wirken. »Ellis ist ein Jäger«, sagte er.

»Ein echter Widerling«, pflichtete sie ihm bei. »Aber meinst du wirklich, er hätte Micaela in einer Menschenmenge ermorden können, ohne dass es jemand mitbekam? Und meinst du, er hätte Pfarrer Donny in seinem eigenen Büro und in einer Kirche voller Konfirmandenfamilien umbringen können?«

Jack stand da und schwieg. Verständnislos musterte er Jessica.

»Na schön«, fuhr sie fort. »Du hast ihn doch selbst in der Fremont Abbey gesehen, kurz bevor Pfarrer Donnys Leiche gefunden wurde. Hätte er genug Zeit gehabt, zurückzufahren und dem Pfarrer einen Stein in den Mund zu stoßen? Donny war kräftig und bei guter Gesundheit. Auch wenn er schon älter war, wäre Ellis ihm nicht gewachsen gewesen. Selbst ich könnte ihm in den Arsch treten, wenn ich wütend genug wäre.«

»Er hätte es tun können, bevor ich ihn in der Fremont Abbey sah.«

»Ach ja?«

»Du glaubst nicht, dass es ein Serienmord ist?«

»Doch, das glaube ich schon. Ich glaube auch, dass es gewisse Verbindungen gibt. Da bin ich deiner Meinung. Ich glaube nur einfach nicht, dass es Ellis ist. Als ich ihn heute sah, wirkte er auf mich nur wie ein sexistischer Hipster, aber nicht clever genug, um ein echter Journalist zu werden, nicht kreativ genug, um ein richtiger Künstler zu sein, und nicht sexy genug, um eine Freundin zu haben.«

»Du hast mit ihm gesprochen?«

Jessica schüttelte den Kopf. »Er hat Fotos für einen Auftrag gemacht, bei dem ich heute war. Da habe ich ihm auf den Zahn gefühlt.«

»Was? Er ist auf freiem Fuß?«

»Chen konnte ihn nicht länger festhalten«, erklärte Jessica. »Sie hat ein Auge auf ihn, aber nichts gegen ihn in der Hand, keine DNA. Du selbst hast ihm praktisch ein Alibi gegeben.«

»Und Danny hat ihn einfach wieder aufgenommen?«

»Nicht einfach. Er behandelt Ellis wie ein Stück Dreck, aber die Zeitung braucht Fotos.«

»Gottverdammter Mist!«, fluchte Jack. »Wie lange wolltest du mir das noch vorenthalten?«

»Ich konnte mir nicht vorstellen, dass das eine Rolle spielt«, verteidigte sie sich. »Er wurde praktisch freigesprochen.«

»Und was ist mit den Drohungen an Lupe?«

»Das Mädchen hat den Zettel nicht berührt, sie konnten nicht einmal die Handschrift überprüfen, geschweige denn eine DNA.«

»Herrgott!«, stöhnte Jack. »Dann haben sie den Kerl also einfach wieder laufen lassen?«

»Ich weiß, das nervt, aber du kennst die Gesetze. Wie hätte Amy ihn denn festhalten sollen?«

»Ich kenne die Gesetze«, beharrte Jack. »Und ich weiß auch, dass sie einen Weg gefunden hätte, wenn sie es gewollt hätte. An welcher Geschichte war er heute dran?«

Sie schwieg einen Moment lang, bis sie antwortete. »Am Stout-Mord. Jack, ich weiß, denk bloß nicht... ich weiß, dass es...«

»Und wann wolltest du damit rausrücken?« Er schrie jetzt.

Dann schnappte er seinen Mantel und eilte zur Tür, doch Jessica stellte sich ihm in den Weg.

»Beruhige dich!«, bat sie ihn. »Es gibt keinerlei Beweise, dass Ellis ein Mörder ist. Keinen einzigen. Er ist Profifotograf und macht Fotos für eine Geschichte von nationaler Bedeutung. Conlan hat sich die Rechte an den Bildern gesichert.«

»Und seine Glaubwürdigkeit bei der Associated Press«, sagte Jack.

»Na klar«, sagte sie. »Aber wir müssen weitermachen, wenn wir das knacken wollen.«

»Diesmal kriege ich ihn«, versprach Jack. »Geh mir aus dem Weg!«

Jessica verschränkte die Arme vor der Brust und rührte sich nicht vom Fleck. »Du tust ihm nichts an«, beschwor sie ihn. »Er arbeitet mit mir zusammen, und wenn du ihm was antust und die Geschichte behinderst, bist du derjenige, der ins Gefängnis wandert.«

»Soll das eine Drohung sein?«

»Verhältst du dich immer so? Indem du Leute bedrohst und Wutanfälle bekommst?«

»Ach, gestern war es noch aufregend, dass ich einen Hipster geschlagen habe, und heute ist es ein Problem? Warum bist du so interessiert daran, Zeit mit mir zu verbringen? Hä? Wegen der Story? Eine Enthüllungsgeschichte über einen alternden Reporter, der vor deinen Augen durchdreht?«, fragte er. »Deine Karriere?«, bohrte er weiter. Sein Gesicht war rot angelaufen, er roch nach Schweiß und Zorn. »Walter Ellis hat ein Verhaltensmuster, Jess. Vielleicht hat er jemanden umgebracht, der sehr viel Ähnlichkeit mit meiner Tochter hatte, die vermisst wird. Hast du das kapiert? Sie ist verschwunden. Niemand hat sie je wieder gesehen. Und jetzt ist er draußen auf der verdammten Straße, und du machst dich noch stark für ihn, dass er dort sein darf. Jetzt hör mir mal gut zu, Kindchen. Um Reporter zu sein, gehört mehr dazu, als nur eine Geschichte zu bekommen. Vielmehr geht es darum, deine Gemeinde zu schützen. Und jetzt geh mir, verdammt noch mal, aus dem Weg!«

»Wenn du von hier weggehst und vorhast, Ellis was anzutun, rufe ich die Polizei und Conlan an.«

Er packte sie an den Schultern und stieß sie grob zur Seite, doch sie folgte ihm hinaus ins Treppenhaus.

»Dich interessiert doch nur, nach oben zu kommen«, warf er ihr vor. »Du bist ein egoistisches Balg.«

»Ich? Du bist doch der emotional hoffnungslose Fall, der jede Geschichte aus dem Blickwinkel seiner eigenen Erfahrung und seines eigenen Traumas betrachtet. Es tut mir leid, dass deine Tochter verschwunden ist. Ich kann mir so einen Schmerz gar nicht vorstellen. Nein, das kann ich wirklich nicht. Aber hast du schon mal etwas von journalistischer Objektivität gehört? Du sabotierst dein Leben! Werde endlich erwachsen, Jack! Geh zu einem Therapeuten wie alle anderen auch, und reiß dich zusammen. Verhielte sich eine Frau so wie du, hätte man sie umgehend gefeuert – ohne ihr eine zweite Chance zu geben. Und ich soll egoistisch sein? Ich bin professionell. Ich kann's mir nicht leisten, es zu versemmeln, mich von jemandem runterziehen oder mir meine Arbeit von hysterischen Anfällen sabotieren zu lassen.«

»Catherine hatte recht. Du bist gekommen, um uns unsere Jobs zu nehmen, damit jeder für dich arbeitet.«

Jessicas Nachbar hämmerte an die Wand, sie sollten aufhören zu schreien, doch sie nahmen es einfach nicht zur Kenntnis.

»Wage es ja nicht, mich gegen eine andere Frau auszuspielen, du Dreckskerl! Catherine und ich, wir respektieren uns. Du und ich könnten uns auch mehr respektieren, sobald du dich nicht mehr wie ein verdammtes Kleinkind benimmst.«

»Wenn du eine Familie hättest«, sagte Jack. »Wenn du noch jemanden außer dir selbst lieben würdest, fändest du es auch nicht in Ordnung, dass ein Vergewaltiger frei herumläuft, nur damit du schöne Fotos für deinen Scoop bekommst.«

Jetzt war sie wütend, ihr Gesicht lief rot an, ihre Augen blitzten dunkel, doch ihre Wut schien sie nur noch ruhiger zu machen.

»Wie hast du deinen Job bekommen?«, fragte Jessica. »Wegen deines guten Aussehens? Denn alles, was du gerade sagst, ergibt keinen verdammten Sinn. Und weißt du was? Ja, ich will deinen Job! Weil ich deinen Job verdient habe! Auf jeden Fall mehr als du. Man sollte die letzten Machos wie dich in ein Umerziehungslager schicken und ihnen beibringen, wie sie ihre Hormone in den Griff bekommen und aufhören, auf alles und jedes zu reagieren. Du willst deine Karriere ruinieren? Dann mach ruhig weiter so! Ich sehe mir das keine Sekunde länger mit an.« Sie kehrte in ihre Wohnung zurück und knallte die Tür zu.

Jack spürte, wie das Blut in seinen Ohren rauschte. Er rannte die Treppe hinunter und auf die Straße hinaus, drehte sich um, blickte zum Apartment zurück und sah, dass sie bereits wieder am Schreibtisch saß und ungerührt weiterarbeitete.

Er stieg in seinen Wagen, warf die Tür zu und hämmerte auf das Lenkrad ein. Seine Nerven lagen blank, er fühlte sich durchgerüttelt vom Basketball, vom Sex und von dem Streit, als wäre er tatsächlich ein Teenager. Herrgott! Er wusste doch, dass er nicht falschlag. Das war eine Serie. Er fühlte es. Und dann war er plötzlich nicht mehr in seinem Auto, sondern lag am Kieselstrand neben einem pummeligen Jungen mit schwarzem Haar, und überall waren schreiende Leute. Seine Kleider waren nass und rot von dem Blut, das seitlich an seinem Kopf herunterrann. Jemand fragte nach seinem Namen, doch er dachte, man würde sich nach dem toten Körper am Strand erkundigen und wissen wollen, wer der tote Junge sei.

»Harley Gill«, antwortete er und sah mit an, wie sie auf die Brust des Jungen drückten und ihn von Mund zu Mund beatmeten.

»Komm mit, Harley! Dir ist nichts passiert, alles wird gut.«

»Nein, ich bin Jack«, widersprach er. Um seine Schultern lag eine Decke, ein Mann nahm ihn hoch und rannte los. Lose Steine klickten unter seinen Füßen, als er zu den blinkenden Lichtern eilte. Hinter ihm stellten nun einige ihre Blinkanlagen ab, die Straße ringsum versank wieder in der Dunkelheit. Er war fast fünfzig, die Jungen waren seit fast vierzig Jahren tot, und niemand brachte ihn in Sicherheit.

31

Sie hatte so etwas wie Lavendelseife zu Hause, obwohl Bleichmittel besser gewesen wäre, das er aber nicht finden konnte. Zuerst wusch er den Stein und schrubbte ihn dann ab, das Waschbecken färbte sich rot und dann rosafarben schaumig. Er zog die Gummihandschuhe aus und ersetzte sie durch Ziegenleder. Der Stein war notwendig gewesen, hatte aber nicht seine endgültige Aufgabe erledigt. Bei Kopfwunden floss viel Blut, sie betäubten eine Person und brachten sie zum Schweigen, das notwendig war, aber bei ihr sollte es anders sein. Ihn verlangte nach ihrem Entsetzen, doch dann sollte sie verstummen und keine Zeit zum Betteln haben. Er wollte seine Hände um ihren schlanken Hals legen und so lange zudrücken, bis sie unter ihm wegsackte. Bis er seine ganze Willenskraft aufgewendet hatte, das befriedigende Knirschen hörte und sie leblos unter ihm zusammensank. Am liebsten hätte er seine Faust ganz um ihre Luftröhre geschlossen und sie zu Staub zermalmt.

Er trocknete den Stein mit einem Handtuch ab, das hinter der Tür im Bad hing. Dann holte er sein Werkzeug hervor, setzte sich an den Küchentisch und gravierte so tief wie möglich ein Zeichen in den Stein. Diesmal ein einfaches X.

Er zog sie vom Boden hoch und setzte sie an ihren Schreibtisch, den Platz, den sie am meisten liebte. Er stellte vor ihr den Laptop auf und stapelte ihre Unterlagen ordentlich aufeinander. Dann strich er ihr Haar glatt, sodass es die Wunde bedeckte und nicht zerzauster aussah als sonst, wenn sie zu Hause war. Er legte ihre Hände auf der Tastatur. Gott behüte, sie sollte keinen Moment ihrer Arbeit verpassen, im Gegenteil. Jetzt wurde sie sogar selbst zu einem Indiz, nach dem sie suchte. Sie würde einen erheblichen Beitrag zur Geschichte leisten. Am Ende würde sich alles zusammenfügen. Er hatte gut daran getan, auf seinen Plan zu vertrauen.

32

Die kühle Luft empfand Jack angenehm auf der Haut, und der Geruch des Meers im Licht der rosafarbenen Dämmerung verlieh ihm ein Gefühl von Stärke. Er rannte zügig am Ufer entlang und gab sich Mühe, die Erinnerung an die Nacht abzuschütteln.

Die Stadt und ihre Geräusche hörten sich verlockend an, und er stellte sich die Frage, was jetzt möglich war, nachdem Ellis auf freiem Fuß und Jessica nicht mehr Teil seines Lebens war. Das Gefühl, beobachtet zu werden, schob er möglichst weit von sich, obwohl es da war, genau wie am Abend zuvor, als er Jessicas Wohnung verlassen hatte. Ein Rascheln im Gebüsch, ein Spaziergänger, der seinen Hund ausführte und etwas zu lange an einer Straßenecke stehen blieb. Jack hob den Kopf und entdeckte eine Gestalt auf dem Dach schräg gegenüber vom Fischmarkt, die auf die Straße herabspähte und die Gegend beobachtete. Er unterdrückte seine Gefühle, versuchte sie auszublenden, aber wie konnte er sich irren? Er wusste, dass er konzentrierter denken musste.

Catherine hatte vermutlich recht, wenn sie sagte, dass er nicht mehr er selbst sei, wenn er in einer bestimmten Weise handelte. Er wusste genug, um eine Fahrt über die Brücke zu vermeiden, er wusste, dass er sonst durchdrehte, seine Gedanken sich im Kreis bewegten. Das Basketballspiel hingegen schien nur positive Auswirkungen gehabt zu haben. Er sah Dean gern beim Spielen zu und liebte Körpereinsatz. Andererseits brachte es ihn vielleicht zum Verrücktwerden, sodass er nicht richtig nachdenken konnte. Er vertraute Catherines Beobachtungen. Und er überlegte, sich bei Jessica zu entschuldigen, aber der Gedanke machte ihn nur wütend. Hatte sie ihn bloß benutzt? Ihr Spiel mit ihm getrieben? Ein Komplott geschmiedet, damit er gefeuert wurde?

»Du bist der Einzige, der dich hier feuern will«, hatte Catherine gesagt, als er sich am Abend zuvor nach dem Streit mit Jessica mit ihr im *Dockside* getroffen hatte. Soweit er sich erinnerte. Er hatte seinen Drink in einem Zug hinuntergekippt und war ihrem Blick ausgewichen. Er erinnerte sich auch daran, dass Thom Anderson da gewesen war, in sein Bier heulte und über die Ungerechtigkeit schimpfte, dass er seinen Job verloren hatte. Jack hatte beinahe Mitleid mit ihm gehabt.

»Hör zu!«, hatte Catherine zu ihm gesagt. »Das Mädchen nutzt den Job als Sprungbrett zur *Times* oder zur *Washington Post*. Sie hat nicht vor, sich hier niederzulassen.«

Eine Zeit lang hatte er daraufhin geschwiegen. »Was ist deiner Meinung nach hier los?«, hatte sie ihn schließlich gefragt. »Also theoretisch. Sei ehrlich!«

Er beugte sich zu ihr über den Tisch. »Du weißt so gut wie ich, dass Kinder von der Straße weg oder aus ihrem Elternhaus entführt werden. Und sie werden an Menschen verkauft, die Schreckliches mit ihnen anstellen. Was ist, wenn Ellis Sophia in jener Nacht entführt hat? Sie hat ihm vertraut. Was ist, wenn er sie an Menschenhändler verkauft hat? Was ist, wenn er dasselbe mit Micaela vorhatte? Vielleicht wollte er ihr einen Schuss setzen, sie aus der Fremont Abbey entführen und an seine Kontakte verkaufen. Der Schuss war aber zu stark, und als ihm das klar wurde, musste er abhauen.«

Catherine schwieg.

»Was ist, wenn er weiß, wo sich meine Tochter aufhält? Was ist, wenn er dort draußen herumstreicht und auch anderen Mädchen das Gleiche antun will? Lupe schweigt und gibt an, den Drohbrief *verloren* zu haben. Schließlich weiß sie genau, was ihr passieren kann, wenn sie redet.«

»Also was jetzt?«, hatte er Catherine gefragt, als sie nicht darauf antwortete.

»Wenn ich bedenke, was alles in deinem Kopf abgeht, hast du noch enorme Zurückhaltung bewiesen«, erwiderte sie.

Eine große Frau in silberfarbener Jogginghose mit Kopfhörern über den Ohren lief an ihm vorbei. Über der Bucht wehte eine leichte Brise. Jack hing seinen Gedanken nach und wusste nicht, welche Strecke zurück in sein Viertel er genommen hatte. Als er die Gegend wiedererkannte, stand er schon schweißgebadet vor seiner Wohnung, und Amy Chen wartete auf ihn.

Er lächelte sie an, stieg die Stufen hinauf und holte seine Schlüssel heraus.

»Guten Morgen, Detective Chen. Bringen Sie mir zur Abwechslung mal den Polizeireport vorbei?«

Sie lächelte nicht zurück. Ihm fiel auf, dass ein Streifenwagen und ein Zivilfahrzeug bei seinem Häuserblock parkten.

»Was ist los?«

»Jack, bist du gestern Abend bei Jessica O'Neil gewesen?«

»Ja, bin ich«, sagte er und spürte, wie sich die Veranda vor seinen Augen drehte und sein Blutdruck absackte.

»Um wie viel Uhr bist du weggegangen?«

»Ich ... ich weiß es nicht mehr genau, ich war nicht lange bei ihr. Vielleicht gegen zehn. Warum?«

»Und wo bist du danach hingegangen?«

»Ich war noch mit Catherine im *Dockside* und bin danach nach Hause gegangen. Warum? Ist alles in Ordnung mit ihr?«

Jacks Gedanken eilten ihm voraus, gingen alle möglichen Kombinationen durch, aber er blieb fokussiert und konzentrierte sich voll darauf, was Chen ihm mitzuteilen hatte.

»Jessica ist gestern Nacht ermordet worden«, sagte Chen.

Die Verandastufen vor seinem Apartment und Chen verschwammen ihm vor den Augen. Der Boden neigte sich, ein Bild von Jessicas Körper neben ihm erfüllte ihn mit einem Gefühl der Leere.

»Jack, hast du mich gehört?« Chen redete wieder mit ihm. »Willst du dich setzen? Sie hat als Letztes deine Nummer gewählt«, fuhr sie fort. »Kannst du mir sagen, was passiert ist? Nachbarn haben von einem heftigen Streit berichtet.«

»Ich ... ich bin zu ihr gefahren und habe etwas mit ihr getrunken, direkt nach meinem Basketballspiel mit Dean.«

»Habt ihr euch gestritten?«

»Ja, wir haben uns wegen Ellis und dem Donny-Stout-Fall gestritten.«

Chen hob die Brauen

»Wann wurde sie ermordet, was glaubst du?«

»Ellis hat sie heute Morgen gefunden«, sagte Chen, ohne auf seine Frage einzugehen. »Er ist zu ihr gefahren und wollte sie für einen Auftrag abholen. Die Tür war nicht verschlossen, sie saß an ihrem Computer, als würde sie arbeiten.«

»Hat Ellis es gemeldet? Mein Gott! Bist du sicher, dass er …?«

»Ellis war es auf gar keinen Fall. Wir haben sein Alibi überprüft, es ist wasserdicht. Wir haben für die ganze Nacht Material aus Überwachungskameras, die ihn im Büro und in einer Bar zeigen. Außerdem haben vier Leute sein Alibi bestätigt, und sein Bild ist auf Instagram mit Zeitstempel. Keine Chance.«

»Mein Gott. Das ist …«

»Unfassbar, dass jemand sie so hingesetzt hat, kurz nachdem die Zeugen gehört haben, wie du sie angeschrien und ihr an den Kopf geworfen hast, sie sei zu ehrgeizig? Weißt du noch genau, wann du dich mit Catherine getroffen hast?«

Das wusste Jack nicht. Zumindest konnte er es nicht genau sagen.

»Ich bin mir sicher, dass ich den ganzen verbliebenen Abend mit ihr verbracht habe«, beteuerte er, und sein Herz hämmerte, als er sich an Einzelheiten zu erinnern versuchte. Und plötzlich packte ihn das Entsetzen. Jessica.

»Sicher? Aber genau weißt du es nicht mehr?«

»Ich war im *Dockside*. Frag Catherine! Frag den Barmann!«

»Jack, wir haben bereits DNA in ihrem Körper und in der ganzen Wohnung gefunden«, sagte Chen.

Er nickte. »Da war meine eindeutig dabei«, räumte er ein. »Jessica und ich haben gemeinsam an der Story gearbeitet, und wir hatten was miteinander.«

Chen nickte und holte tief Luft. »Ich habe genug Beweise, um dich einzubuchten«, sagte sie. »Und deine Wohnung zu durchsuchen.«

»Das weiß ich«, sagte er. »Aber das hattest du schon einmal, und es hat sich als falsch herausgestellt. Ruf Catherine an! Ruf im *Dockside* an.«

Amy musterte ihn kühl und misstrauisch. »Das werde ich tun«, sagte sie. »Du darfst die Stadt nicht verlassen.«

»Das werde ich nicht tun, solange nicht alles geklärt ist«, versicherte er ihr.

Chen nickte und ging zum Zivilfahrzeug. Jack sah ihr nach, als ihr Wagen losfuhr, gefolgt von dem Streifenwagen ohne Blaulicht.

Ellis war es nicht, er wusste nicht einmal mehr, ob er wirklich verfolgt wurde. Außerdem war alles viel zu dicht an ihm dran. Ein weiterer Mord in seiner unmittelbaren Nähe. Alle Todesfälle führten irgendwie zu ihm. Und er hatte ohne Grund mit einer Frau gestritten, die eigentlich recht gehabt hatte, die ihm Bewunderung und Respekt zollte und ihm widersprach, als er falschlag. Und jetzt war sie tot. Die letzten Gefühle, die er in ihr geweckt hatte, waren Schmerz und Ärger. Genau wie bei Sophia. Die gefühllose, dumme Rolle, die er in ihrem jeweiligen Leben gespielt hatte, war so vernichtend, dass er kaum Luft bekam. Und jedes Mal hatte er verzweifelt versucht, das Richtige zu tun und die Menschen ringsum zu beschützen. Das wenige zu retten, was in einer so brutalen Welt zu retten war. Wie konnte er sich so geirrt haben? Wie konnte sein Instinkt ihn so täuschen?

Zitternd schloss er die Tür auf. Auf dem Boden vor ihm lag eine Gebetskarte, die ihm jemand unter der Tür hindurchgeschoben hatte. Er nahm sie auf. Sie war von der Heavenly Rest, darauf war ein Foto der Kirche und ein eingefügtes Bild der Heiligen Felicitas, Schutzpatronin der Mütter. Auf der Rückseite war ein viereckiges schwarzes Kreuz aufgemalt, in dem mit weißer Schrift stand: *Ich habe dich bei deinem Namen gerufen, du bist mein.*

Er ging hinein, setzte sich, ohne die Tür zu schließen, an den Tisch und blickte ins Leere. Er wusste nicht, wie lange er dort gesessen hatte, doch als er wieder zu sich kam, starrte er das schwarze Kreuz an.

Auf der Karte stand nur das Zitat aus der Bibel. Er dachte an die letzte Karte, die er von Louise erhalten hatte, und an jene, die nach Pfarrer Donnys Ermordung im Büro angekommen war. Sie hatte ein Kind verloren. War das eine Nachricht von ihr? Oder über sie?

Er hatte überlebt, ihr Sohn war gestorben. Seine Arbeit erschien in Sammlungen und wurde in der Zeitung veröffentlicht, sie hingegen musste mit dem Kummer leben, dass ihrem Kind die Zukunft genommen worden war. Wusste sie etwas? Hatte sie versucht, ihm noch etwas anderes mitzuteilen, als nur zum Herrn zu kommen?

Wenn er das Chen erzählte, glaubte sie sicher, er sei verrückt und versuche die Schuld auf eine unschuldige alte

Frau abzuwälzen. Er konnte nicht riskieren, dass sie ihn für unberechenbar hielt, sonst würde sie ihn verhaften. Er hatte schon den Fehler begangen, Catherine zu erzählen, dass er sich verfolgt fühlte.

Louises Adresse kannte er auswendig; er las sie seit fast vierzig Jahren auf den Briefumschlägen. Er machte sich nicht die Mühe zu duschen, nahm seinen Schlüssel vom Tisch und verließ die Wohnung.

33

Jack fuhr nach Beacon Hill. Er fühlte sich schuldig und war bestürzt wegen Jessica, und er war verwirrt und besorgt zugleich wegen Louises möglichen Wissens. Er rief sich weitere Einzelheiten über den vergangenen Abend ins Gedächtnis. Jessicas warmer Körper unter seinen Händen. Ihr Streit, ihr rücksichtloser Ehrgeiz. Cat, die versucht hatte, ihn zu beruhigen und alles ins rechte Licht zu rücken. Und er überlegte, wann er sich zum letzten Mal verfolgt gefühlt hatte. Das war nach Sophias Verschwinden gewesen, da hatte er sich von einem Mann verfolgt gefühlt, der Sachverständiger bei der Gemeinde war und das Haus seiner Familie inspizierte, wie sich später herausstellte.

Catherine hatte das nicht erwähnt, doch ihr Blick hatte Bände gesprochen. Stattdessen erzählte sie ihm Einzelheiten über ihren neuen Freund, mit dem sie sich neuerdings traf, die ihn eigentlich nichts angingen, aber lustig waren. Als er ging, fühlte er sich erleichtert, sein Adrenalinspiegel war gesunken, er spürte sogar so etwas wie Ruhe, die ihn umhüllte. Nichts schien mehr normal, doch der Himmel mochte Catherine davor bewahren, dass ihr etwas zustieß.

Louises Haus war ein mittelgroßer blau-weißer Bungalow an einem Hang, zu dem viele Betonstufen vom Gehsteig aus hinaufführten. Er klingelte an der Tür und wartete im fahlen Morgenlicht. Kurz darauf öffnete eine kleine Frau mit hellen Augen und einem schneeweißen Pagenkopf die Tür.

»Ja?«, sagte sie und musterte ihn kurz, dann setzte sie ein strahlendes Lächeln auf. »Jack Temple! Na also, der Herr hat meine Gebete erhört. Komm herein!«

Jack betrat das Haus, in dem es ein wenig modrig und nach Herbstblättern roch. Im Flur lagen Webteppiche, die Einrichtung bestand aus schwerem Holz und wirkte alt und klobig. An den Wänden hingen Familienfotos und Heiligenbilder. In einer Ecke des Wohnzimmers stand ein Schrein, darauf ein Foto ihres Sohns Duane neben dem Bild eines Jesuskinds, zu beiden Seiten Kerzen und davor frische Blumen. Sie kümmerte sich offensichtlich täglich darum.

»Hallo, Louise! Tut mir leid, dass ich so lange gebraucht habe, um Sie zu kontaktieren.«

Ihre Augen füllten sich mit Tränen. »Du musst dich nicht bei mir entschuldigen, mein Lieber«, sagte sie. »Ich bin froh, dass du gekommen bist.«

In diesem Zimmer, so in ihrer Nähe und bei dem Schrein, hatte er das Gefühl, neben sich zu stehen. Er musste sich sehr zusammenreißen, um das Schwindelgefühl zu bekämpfen, das in ihm aufstieg.

»Danke für die Karte«, sagte er.

»Natürlich«, antwortete sie. »Natürlich. Duane hat immer zu dir aufgeschaut. Du warst ein toller Kumpel.«

Krampfhaft versuchte sich Jack an Duane Jensen zu

erinnern, aber sie hatten einander nie besonders nahegestanden, wohnten nicht einmal im selben Viertel. Er hatte ihn nur aus dem Team gekannt und erinnerte sich an Duanes lange weiße Baumwollstrümpfe mit blauen Streifen.

Louise ging in die Küche und kam mit einer Kekspackung zurück, die sie vor Jack auf den Tisch stellte. »Ich war gerade dabei, Kaffee zu machen, als du geklingelt hast«, sagte sie. »Ich hatte im Gefühl, dass ein besonderer Gast zu Besuch kommt.«

Sie schenkte ihm eine Tasse ein und stellte dann Kaffee und Milch auf den Tisch. Duane starrte ihn von einem Klassenfoto aus dem Schrein heraus an.

»Ich freue mich so sehr, dass du mich besuchst«, sagte sie. »Ich wollte mit dir über etwas Wichtiges sprechen. Gott hat dir viele Prüfungen auferlegt, mehr als jedem anderen. Ich könnte dir helfen, dir etwas ins Bewusstsein zu bringen, das dich heilen könnte.«

»Das ist sehr lieb von Ihnen«, sagte Jack. »Aber ich versuche nicht daran zu denken, dass es Prüfungen für mich waren. Es gibt viele Menschen auf der Welt, die Schlimmeres erlebt haben. Sie stehen jeden Tag in der Zeitung. Überall gibt es Kriege, Hungersnöte, Menschen, die in Diktaturen leben. Ich gebe mir Mühe, es nüchtern zu betrachten.«

»Das solltest du auch«, sagte sie. »Die richtige Einstellung sowie Vergebung führen zur Heilung. Ich habe mich immer gefragt, ob du auch Roger Stallworth vergeben hast.«

»Wem?«, fragte Jack. Er stellte seine Tasse ab und schob den Stuhl ein wenig zurück.

»Roger Stallworth«, sagte sie. »Der Busfahrer. Du weißt sicher, dass ich ihm auch geschrieben habe.«

Nun stand Jack wieder. Noch bevor es ihm bewusst wurde, stand er schon auf der anderen Seite des Zimmers.

»Für ihn war es bestimmt auch nicht leicht«, sagte Louise. »Mit dem Fehler weiterzuleben, den er gemacht hat. Er hat seine Zeit abgesessen, aber es hätte jedem passieren können. Selbstvorwürfe sind schlimmer als alles andere, was er womöglich während seines Jahrs im Gefängnis durchgemacht hat.«

»Nur dass es kein Fehler, sondern Fahrlässigkeit war, Louise.« Jack erinnerte sich an das Gefühl, das ihn überkommen hatte, als der Bus ins Schwanken geriet, und dann das flaue Gefühl in der Magengrube, als er abstürzte. »Und ob ich ihm vergebe oder nicht, ändert an seiner Lage auch nichts.«

»Aber an deiner, mein Lieber. Du verbesserst deine Lage, wenn du ihm vergibst. Ihr habt beide überlebt.«

»Er hat sich einfach durch das Fenster aus dem Staub gemacht und uns alle zurückgelassen«, sagte Jack.

»Aber du konntest dich selbst retten und hast einen anderen Jungen mit aus dem Wrack gezogen, bevor es sank.«

Jack wollte nichts mehr davon hören. Er versuchte sich wieder zu konzentrieren, hatte aber irgendwie das Gefühl, als sähe er sich selbst dabei zu, wie er mit Louise sprach. Einen Moment lang hatte er keine Ahnung, warum er hier war.

»Wir beide haben viel gemeinsam«, sagte Louise. »Wir haben unsere Jüngsten verloren.«

Dem wollte Jack nicht zustimmen. Was ihn betraf,

konnte Sophia noch immer irgendwo am Leben sein. Trotzdem nickte er. »Haben Sie mir deshalb heute das Gebet hinterlassen? Die Heilige Felicitas?«

Jetzt schien Louise verwirrt. »Du meinst den Heiligen Christophorus nach Pfarrer Donnys Tod?«

»Nein.« Er zog die Karte aus seiner Sweatshirttasche.

»O nein! Diese Karte ist nicht von mir«, sagte sie. »Ich gehe davon aus, dass viele für dich beten.«

Jack überlegte, ob Louise nach dem Tod ihres Kinds verrückt geworden war. Ob sie ihn anlog. Oder ob sie ihn am Ende einfach hergelockt hatte und er dumm genug gewesen und gekommen war. Ob der Kaffee vergiftet war. Er spürte, wie sich das Zimmer drehte, und versuchte sich zu beruhigen.

»Ich sehe, dass du dich quälst«, sagte Louise. »Aber wir alle haben jemanden, der über uns wacht.«

»Wie bitte?«, fragte er ungehalten.

»Über uns alle wacht der Herr«, sagte sie freundlich.

Darauf konnte er nicht antworten.

»Jack, ich bin Mitglied in einer Gebetsgruppe in Newport Hill. Am New Castle Way in der Nähe des Lake Washington. Sie war mein Anker und mein Licht. Ich würde mich sehr freuen, wenn du einmal zu einem Treffen mitkämst.«

Als er hörte, wie Louise seine alte Adresse aufsagte, ging er zur Tür. Er malte sich aus, wie Louise neben Micaelas Mutter saß. Und er sah Randy in seiner selbstzufriedenen Rechtschaffenheit vor sich. Er hatte Jack letzte Woche gesagt, dass er ihn mit Sorge beobachte. Und Jack sah Randy mit Gummihandschuhen in seinem Steingarten mit einem Stein in der Hand vor sich.

»Louise, ich muss gehen«, erklärte Jack und versuchte so freundlich wie möglich zu klingen. »Danke für deine Gebete und deinen Rat«, sagte er und nahm ihre Hand. Sie drückte überraschend fest zu.

»Ich bin immer für dich da, Jack«, erwiderte sie. »Du bist stets in meinen Gebeten.«

34

Kühler Nebel drang zwischen den Kiefern hervor, die am Rand der gewundenen Straße standen, auf der Jack entlangraste. Er fuhr in die Einfahrt zum Haus, parkte, rannte zur Haustür, klingelte mehrmals hintereinander und hämmerte laut mit der Faust gegen die Tür.

Als Emily endlich aufmachte, sah sie ihn beunruhigt an, trat zur Seite und führte ihn ins Wohnzimmer. Seine nasse Kleidung, der Schmutz und die Tannennadeln an seinen Schuhen schienen sie nicht zu kümmern.

»Was ist los, JT? Alles in Ordnung?«

»Ist Randy zu Hause?«

»Nein, er ist bei der Arbeit, und ich muss in einer halben Stunde zu meiner Schicht los. Warum bist du nicht bei der Arbeit? Jack, du zitterst ja! Alles in Ordnung?«

»Nein ... ist es nicht. Ich muss mit dir reden. Du musst mir zuhören. Meine Freundin, äh ... also, eine Frau bei der Zeitung, mit der ich mich getroffen habe. Sie wurde gestern Nacht ermordet.«

Reflexartig presste sich Emily die Hand auf den Mund. »O mein Gott, Jack, was ist passiert?«, fragte sie und nahm seine Hand.

»Ich brauche jemanden, der das Ganze mit mir durchgeht, Em. Es gibt so viele Übereinstimmungen und Verbindungen, dass ich mir Sorgen mache. Ich mache mir um uns alle Sorgen, weil offenbar jeder, der mir nahesteht … Ich mache mir Sorgen um dich und um Dean. Ich will nur … können wir …«

»Jetzt beruhige dich erst einmal!«, meinte sie. »Fang am besten von vorn an!«

Er lachte bitter auf, fuhr sich mit der Hand über das nasse Gesicht und holte tief Luft.

»Micaela Crawford«, sagte er. »Sie war Sophia in so vielem ähnlich. Die Geige, das Vorspielen an der Thornton School. Ihre Mutter nimmt an Randys Gebetsgruppe teil. Sie hat meinen Artikel über Mercer gelesen, wurde zum Superfan, ging zu seinen Konzerten und war dann tot. Sie hatte einen Stein in der Tasche. Ich weiß, alle sagen, dass es eine Überdosis war, aber das glaube ich nicht. Pfarrer Donny. Ich hatte ihn seit mindestens einem Jahr nicht mehr gesehen, vielleicht sogar noch länger. Wir haben uns unterhalten, Pläne geschmiedet, und eine Stunde später wurde er ermordet. Er hatte einen Stein im Mund. Jessica O'Neil, meine Freundin. Ich habe mit ihr gearbeitet. Ich … ich habe mit ihr geschlafen, jetzt ist sie tot. Alle, jeder Einzelne, das bilde ich mir nicht einfach nur ein. Jemand ist mir gefolgt, ich habe ihn in letzter Zeit nicht mehr gesehen, aber …«

Emilys Augen wurden immer größer, sie wirkte verängstigt. »Okay«, sagte sie. »JT, das ist wirklich beunruhigend. Hast du es gemeldet?«

Er schüttelte den Kopf. »Ich habe keine eindeutigen Beweise, kein Kennzeichen. Jetzt, da Jessica auch tot ist, kann niemand mehr behaupten, dass das keine Serie ist.

Und ich bin ... mein Bauchgefühl sagt mir ...« Er sah ihr tief in die Augen und flüsterte jetzt. »Emily, du musst dir eine andere Bleibe suchen.«

»Jack, du machst mir Angst.«

»Bitte«, sagte er. »Vielleicht solltest du mit Dean Urlaub machen.«

»He, he!«, mahnte sie freundlich, hielt weiter seine Hand und versuchte ihre eigene Angst in Schach zu halten. »Ich sehe, dass du außer dir bist. Ich habe auch verstanden, dass es ... beängstigend ist, aber ...«

»Emily, ich finde, du solltest dich in Sicherheit begeben. Mach dich gleich auf den Weg, solange Randy weg ist! Bleib eine Weile bei Sharon, oder ... fahr nach Kalifornien zu deiner Mutter!«

»Jack, das ist doch absurd! Hörst du dir eigentlich selbst zu?« Und als sie das sagte, bemerkte er, dass sie immer verängstigter wirkte, dass ihr Gesicht blass wurde und sie sich von ihm zu entfernen suchte.

»Der Täter hinterlässt mir Nachrichten in Form von Gebetskarten.« Er zog die Karte aus der Tasche und reichte sie ihr.

Sie sah sich die Karte lange an. »Du solltest sie Chen zeigen. Und zwar sofort.«

»Bitte, Emily! Hör, was ich dir sage! Ich möchte, dass du und Dean euch in Sicherheit bringt.«

Jetzt hatte sie genug, seine Worte schienen ihre Angst zu durchbrechen.

»Halt!«, rief sie. »Hör einfach auf damit! Und zwar sofort. Du nimmst das diesmal nicht selbst in die Hand. Bitte! Wenn wir nicht sicher sind, brauchen wir Hilfe und nicht noch mehr Verfolgungswahn.«

»Das ist kein Verfolgungswahn«, sagte er.

»Dann rufe ich jetzt Chen an.«

»Nein, tu das nicht!«

»Warum nicht?«, fragte sie harsch. »Genau das sollten wir nämlich tun. Du kannst mir doch nicht im Ernst weismachen, dass ich um mein Kind fürchten muss, und mich dann bitten wegzurennen. Das werde ich nicht tun.«

»Er ist auch mein Kind«, sagte er, und ihm brach die Stimme.

»Natürlich ist er auch dein Kind«, räumte Emily ein. »Und wir müssen dafür sorgen, dass er beschützt wird. Wenn dich wirklich jemand stalkt, könnte das eine Bedrohung für Dean sein. Wir müssen die Polizei einschalten.«

»Die glaubt mir nicht«, sagte er. »Man wird nichts unternehmen.«

Bei diesen Worten wurden ihre Augen dunkel, und in ihrer Stimme schwang Enttäuschung mit. »Mein Gott, Jack, wenn das alles stimmt, müssen wir das in die richtigen Hände geben! Und wenn nicht, dann brauchst du Hilfe. Denk darüber nach, was du gesagt hast. Du glaubst, dass du von Feinden umgeben bist. Du suchst immer nach einem Grund, warum jemand Schreckliches in deinem Leben geschehen lässt, aber Schreckliches passiert einfach, Jack. Und das alles ist auch anderen widerfahren, nicht nur dir. Ich sehe jeden Tag Schreckliches, Jack. Du nicht. Kinder werden von Autos angefahren, und wir müssen sie in den Krankenwagen schieben. Ich bringe jemanden mit Bauchschmerzen in die Klinik, dann stellt sich heraus, dass er Krebs hat. Woher willst du wissen, dass das nicht alles mit Valerie zu tun hat? Ihre Tochter ist gestorben… ihr Pfarrer ist umgekommen… Du bist nicht der Einzige, der mit den Ereignissen in Verbindung steht. Denk mal logisch darüber nach, vor allem jetzt! Wir dürfen nicht zulassen, dass die Angst uns auffrisst. Jeden Tag passiert Schlimmes. Ja, ich weiß, du bist Kriminalreporter, und es tut mir leid, und ich habe Angst, weil Menschen, die uns nahestanden, ermordet wurden. Es ist furchterregend, aber wir müssen uns an die richtige Stelle wenden.«

Er sprach jetzt in leiserem Ton zu ihr, versuchte vernünftiger zu klingen, damit sie ihm zuhörte. »Bitte, Em, denk doch mal nach! Was ist mit Michael Robinson?«

»Er wurde erstochen, JT. Es war der Vergeltungsschlag einer Gang.«

»Unser Abschiedsredner?«

»Es war Selbstmord«, wandte sie ein, aber er bemerkte, dass ihre Hände zitterten. »Er ist gesprungen.«

»Was ist mit Anna in London?«

»Ich habe gesagt, du sollst damit aufhören«, sagte sie. »Auf der Welt ereignen sich nun mal Tragödien, Jack. Und nicht immer geht es dabei um dich.« Ihre Augen füllten sich mit Tränen, und er wusste genau, woran sie dachte, denn ihm ging es genauso. Für ihn und Emily gab es nur eine Tragödie, und nichts würde ihr gleichen. »Hör auf, so egoistisch zu sein!«, sagte sie zu ihm. »Und ruf Chen an!« Aus ihren Worten hörte er alle Anklagen, die sie nie ausgesprochen hatte. Ihr Leben war zerbrochen, doch sie hatte sich damit abgefunden, hatte jede Unterstützung angenommen, die man ihr angeboten hatte, und um ihre Stabilität gekämpft. Warum hatte er das nicht getan?

»Ich muss jeden Tag mit meiner Entscheidung leben, dass ich ihr in jener Nacht nicht nachgelaufen bin«, sagte Jack. »Ich lebe jeden Tag mit dem Wissen, dass ich es hätte verhindern können, dass ich böse bin, Emily, dass ich ein schlechter Vater war. Aber einen weiteren Verlust würde ich nicht verkraften.«

Ihr Blick wurde sanfter, sie wischte sich die Tränen aus dem Gesicht und fasste sich wieder. »Und ich kann nicht mit einer weiteren verrückten Einbildung leben, wem man noch die Schuld in die Schuhe schieben könnte. Dort draußen läuft ein Mörder herum, aber mein Mann ist unschuldig. Genau diese Worte hast du schon einmal aus meinem Mund gehört, nicht wahr? Und, hat es gestimmt? Lassen wir die Polizei doch ihre Arbeit tun! Auf jeden Fall werde ich Amy anrufen.«

Emily hatte immer zu ihm gestanden, bisher. Und jetzt hatte er keine Argumente mehr, um zu ihr durchzudringen. Er hörte das Geräusch jedes einzelnen Schlosses hinter sich zuschnappen, dann vernahm er ihre Stimme, die eindringlich ins Telefon sprach.

Er fuhr den Weg entlang, parkte den Wagen am Rand neben dem Straßengraben und rief Dean an. Er hatte vorher mit ihm gesimst, musste aber seine Stimme hören. Es klingelte einmal, dann sprang sofort die Mailbox an, er rief noch einmal an und erhielt gleich darauf eine Nachricht von Dean, in der stand: *Bin im Unterricht, rufe später an.* Er hätte gleich zu Dean fahren sollen.

Sobald er Dean erreicht hätte, würde er ihn zu sich in die Wohnung einladen und ihm anbieten, eine Weile bei ihm zu wohnen, nur so lange, bis sich die Wellen glätteten und der Mörder gefasst war. Er würde ihm nichts Näheres sagen und ihm vielleicht vorschlagen, mehr gemeinsame Zeit zu verbringen. Wenn schon Emily den Ernst der Lage nicht erkannte, dann war das ihre Entscheidung, aber Dean war immer noch sein Sohn, und er würde ihn beschützen.

Er fuhr in die Stadt zurück und parkte seinen Wagen bei Jessicas Wohnblock. Schüttelte die Erinnerung an ihr wunderschönes Lächeln und ihre eleganten Bewegungen ab.

Eine Weile blieb er sitzen und begutachtete die Umgebung. Da standen Streifenwagen, und Absperrband war über die Tür gespannt. Er stieg aus, eilte den Gehsteig entlang und wich dabei den Pfützen aus. Chen war nicht draußen, und die Cops an der Tür kannte er nur flüchtig vom West Precinct. Als er sich dem Apartment näherte, sah er, dass dort ein weißer Lieferwagen parkte, aus dem ganz offensichtlich jemand das Haus beobachtete. Er klemmte seinen Schlüssel fest zwischen die Finger, sodass die Spitze herausschaute und er damit zustechen konnte.

Er näherte sich von hinten, lief auf den Lieferwagen zu und riss die Tür auf. Ein Mann mit makelloser Frisur und blauem Jackett saß neben einer Frau, die ein Klemmbrett in der Hand hielt. Sie sahen ihn erstaunt an. Im Lieferwagen standen überall Videoanlagen.

»Können wir Ihnen behilflich sein?«, fragte der Mann leise und klang sichtlich verärgert.

Es war ein Nachrichtenübertragungswagen.

»Ich … äh, nein … es tut mir leid, ich habe Sie verwechselt.«

Die beiden musterten ihn mit düsterem Blick, und er schloss schnell wieder die Tür, noch bevor sie ihn erkannten.

Unten beim Häuserblock unterhielten sich Beamte miteinander, und er ging geradewegs auf Jessicas Tür zu.

»Jack Temple, *Seattle Sun*«, sagte er.

»Wir müssen Sie bitten, sich sofort zu entfernen, Sir.«

»Könnte ich Ihnen vielleicht ein paar Fragen zu den Ermittlungen stellen?«

Die Cops sahen sich an.

»Bitte verschwinden Sie umgehend, Sir«, sagte der Kleinere der beiden. »Oder wir müssen Sie mit auf die Wache nehmen.«

Kirchenglocken läuteten in der Nähe. Micaela, Pfarrer Donny, Jessica. Sein Abschluss am College kam ihm wieder in den Sinn, die Folgen, das Absperrband der Polizei, der Körper, der im Schatten des Kirchturms lag.

»Alles klar«, sagte Jack und entfernte sich. »Bin selbst schon unterwegs dorthin.«

35

Alle Augen waren auf Jack gerichtet, als er durch die Flügeltür in der Glasfassade der Polizeiwache in West Precinct trat. Die Männer, die er täglich dort arbeiten sah, die Männer, mit denen er Kaffee trank, alle musterten ihn aufmerksam.

»Ich muss mit Detective Chen sprechen«, sagte er zu dem Beamten, der am Empfang arbeitete.

Ein uniformierter Cop geleitete ihn durch den grau gefliesten Flur zu ihrem Büro. Sie erhob sich, als er das Zimmer betrat, und bedeutete ihm, sich zu setzen. Dann wies sie den uniformierten Beamten an zu gehen. So, wie sie Jack ansah, erwartete sie offenkundig, dass er ein Geständnis ablegte. Ihm wurde plötzlich bewusst, dass er immer noch seinen Jogginganzug vom Morgen trug und bis auf die Kekse bei Louise den ganzen Tag nichts gegessen hatte.

»Jack, ich habe gerade mit Emily telefoniert. Warum warst du heute bei ihr zu Hause?«

»Ich wollte sie warnen.«

»Sie warnen oder ihr drohen?«

»Wie bitte? Sie warnen! Nachdem du heute Morgen

weggefahren warst, fand ich eine Karte, die jemand unter meiner Tür durchgeschoben hatte«, sagte er. Er reichte sie ihr, doch sie nahm sie nicht entgegen, sondern zog Latexhandschuhe und einen Plastikbeutel für Beweismaterial aus ihrer Schreibtischschublade und steckte sie hinein. »Ich war gerade bei Jessicas Apartment ...«

»Jack ...«, setzte sie an.

»Nein, lass mich zu Ende reden! Ich weiß, dass ich das nicht gemeldet habe und du mich im Verdacht hast, aber bitte lass mich ausreden! Draußen vor der Wohnung habe ich Kirchenglocken läuten hören. Jeder Mord wurde in der Nähe einer Kirche begangen.«

»Okay«, sagte sie.

»Micaelas Mutter gehört einem Gebetskreis an, der von Randy Bell geleitet wird, er hat außerdem mit Pfarrer Donny Stout zusammengearbeitet.«

»Okay.«

»Diese Verbrechen wurden von einer Person mit religiösen Überzeugungen begangen«, fuhr er fort. »Möglicherweise ein Fanatiker. Ich glaube, dass Randy es war.«

»Jack ...«

»Hör zu, Amy, ich weiß, dass ich noch keine stichhaltigen Beweise liefern kann, aber ich mache mir um meine Familie Sorgen. Wäre es wirklich ein so großer Aufwand für die Polizei, Randy zu beschatten und die Fingerabdrücke auf der Karte zu überprüfen? Mir ist das alles suspekt.«

Chen betrachtete Jack mit mitfühlendem Blick.

»Jack, ich habe mit Catherine gesprochen, dein Alibi ist in Ordnung, und ich werde das alles in meine Überlegungen mit einbeziehen. Derzeit kann ich dir nur sagen, dass wir es vermutlich doch mit einer Serie zu tun haben. Und dass es gut war, dass du mir die anderen Details noch einmal in Erinnerung gerufen hast, statt in Eigenregie zu handeln und zu glauben, du könntest die Fälle allein lösen. Trotzdem warne ich dich. Halt dich von Emilys Haus fern!«

»Kannst du ein Auge auf Randy haben?«

»Wir haben auf einige Leute ein Auge, aber ich möchte ganz offen mit dir sein. Alibi hin oder her, deine Lage ist auch nicht gerade berauschend. Ellis war bei uns mit blutig geschlagenem Gesicht, und wir wissen alle, was passiert ist. Du wolltest dir Zugang zum Tatort von Donny Stout verschaffen, obwohl du keinen Auftrag für die Story hattest. Eine Frau, mit der du zuerst geschlafen und dann eine heftige Auseinandersetzung hattest, wurde tot aufgefunden. Deine Ex-Frau, die vernünftigste Person, die ich kenne, ruft mich an und ist einem hysterischen Anfall nahe, weil du zu ihr nach Haus gefahren und ihr einen riesigen Schrecken eingejagt hast. Ich hoffe, deine beste Freundin hat uns nicht auch noch belogen, um dich zu decken.«

»Das käme ihr nie in den Sinn«, beteuerte Jack. »Ich bin hier, weil ich dir helfen möchte. Ich will den Kerl genauso finden wie du.«

»Was kannst du mir über Jessica O'Neil sagen?«

In Jack stiegen wieder Erinnerungen an sein heftiges Verlangen und seine tiefe Trauer auf.

»Sie war unglaublich intelligent. Eine gute Reporterin. Sie war hartnäckig und ehrgeizig. Sie konnte mit Sprache umgehen und verschiedene Storys gleichzeitig bedienen. Und sie wollte meine Stelle.«

»Hast du sie umgebracht?«

»Nein«, sagte er. »Und das weißt du auch.«

»Ich werde mir dessen noch gewisser sein, sobald wir die Rückmeldung des Barmanns haben. Wie lange hattet ihr schon ein Verhältnis?«

»Ungefähr seit einer Woche«, sagte er, und irgendwie hörte es sich absurd an, das laut auszusprechen. »Ich habe sie nicht umgebracht, glaube aber, dass der Mord an ihr etwas mit mir zu tun hatte. Alle diese Fälle sind miteinander verbunden und enger an meine Person geknüpft, als mir lieb ist. Sie folgen einem Muster – Steine, Kirchen, Gebete, die Menschen in meinem Leben...«

Amy nickte. »Deine Vermutung hinsichtlich der Verbindung zur Kirche überzeugt mich nicht ganz, aber wir sehen uns das an. Bleib in Reichweite, Jack! Wir sprechen uns bald wieder.«

Er sah ihr ins Gesicht und entdeckte darin denselben Ausdruck, den sie nach Sophias Verschwinden ihm gegenüber gezeigt hatte. Bald würde er verhaftet und seine Wohnung durchsucht werden. Er musste der Sache auf den Grund gehen, solange er noch auf freiem Fuß war.

»Pass auf dich auf!«, verabschiedete sich Chen von ihm. Etwas beruhigter verließ er ihr Büro. Er wusste, dass es richtig war, ihr seine Besorgnis anzuvertrauen und das zu tun, worum Emily ihn gebeten hatte. Dennoch machte er sich immer noch Sorgen. Als er bedrückt wieder auf der Straße stand, holte er sein Handy hervor und gab Walter Ellis' Nummer ein.

Beim letzten Klingeln ging er dran.

»Ernsthaft jetzt?«, fragte Ellis zum Gruß. »Echt, Mann?

Du rufst mich auf dem verdammten Handy an? Wer zum Henker glaubst du, wer du bist, Alter?«

»Walter«, fragte Jack, »können wir uns treffen?«

Ellis schwieg eine Weile. »Du hast mich verdroschen, Temple«, sagte er dann. »Meiner Meinung nach bist du der erste Tatverdächtige bei den Morden, über die du angeblich berichtest. Sehr praktisch.«

»Tut mir leid, dass ich dich vermöbelt habe«, bedauerte Jack. »Ich ... es war ein Irrtum. Aber ich kann dir Informationen geben, auf die du scharf bist. Die Geschichte, die du haben willst. Ich muss mit dir reden.«

»Oh, dann bin ich also nicht mehr der Verdächtige, sondern du bist es! Und da erwartest du, dass ich mich mit dir treffe? Du weißt nicht mal ...«

»Nur kurz ... Du bist der Einzige, dem ich das erzählen kann. Du bist der Einzige, der der Sache nachgehen könnte. Außerdem weiß ich nicht, ob wir alle überhaupt noch sicher sind. Jessica ist tot, und wer weiß, ob Conlan mich überhaupt noch zurücknimmt. Aber irgendjemand muss die Geschichte ja rausbringen. Ich habe die Hintergrundinformationen, die du brauchst, alle. Das geht Jahrzehnte zurück.«

»Verdammte Scheiße!«, knurrte Ellis. »Mann, du bist echt ein Chaot.« In seiner Stimme schwangen Schadenfreude und Skepsis gleichermaßen mit. »Wie einer wie du Preise gewinnen und in Fachbüchern veröffentlicht werden kann, ist mir ein Rätsel.«

»Ich könnte einen Großteil schreiben, und du darfst es abgeben. Du kannst auch deinen Namen druntersetzen«, versprach Jack und appellierte damit an Ellis' Faulheit und an seine Eitelkeit. »Bist du im Büro?«

»Ja, Conlan flippt aus, wenn du hier auftauchst.«

»Er wird es nicht erfahren«, meinte Jack. »Wir treffen uns im Keller. In der Leichenhalle.«

Er legte auf und fuhr zur *Sun*, der Regen spritzte gegen das Auto, er stellte die Scheibenwischer auf höchste Stufe. Jack hatte weder einen Mantel noch einen Regenschirm dabei. Trotzdem parkte er einen Häuserblock entfernt und joggte zum Zeitungsgebäude, schlüpfte durch die Laderampe und schlich zum muffigen Raum unter der Auslieferung. Der wurde die Leichenhalle genannt, weil dort alle früheren Ausgaben in gebundener Form archiviert waren. Dieses Archiv war vor dem digitalen Zeitalter angelegt worden und beherbergte auch Schränke voller alter Fotos.

Ellis war schon vor Ort. Nachdenklich stand er da und hatte einen Ausdruck im Gesicht, den Jack noch nie bei ihm gesehen hatte. Ellis wirkte sichtlich erschüttert. Nach all der Zeit, in der er kaltblütig Leichenschauplätze und Tatorte fotografiert hatte, schien ihm nun doch irgendwas nahegegangen zu sein.

»Was hast du?«, fragte Ellis.

»Randy Bell.«

»Der Ehemann deiner Ex-Frau?«, fragte Ellis. »Nie im Leben! Was soll das denn? Stellst du jetzt Kerlen nach, die du nicht magst?«

»Er hatte zu jedem Opfer eine Verbindung, er ist ein religiöser Fanatiker, und die Morde geschahen in oder in der Nähe einer Kirche.«

»So viele sind das doch gar nicht.«

»Doch, und ich erzähle dir auch von den anderen. Aber zuerst musst du mir sagen, was du in Jessicas Wohnung gesehen hast.«

»Fuck, Mann… das war echt schlimm. Die Leichenstarre hatte fast eingesetzt, ihr Schädel war eingedrückt, im ganzen Gesicht geplatzte Kapillare, die Zunge war angeschwollen und hing aus dem Mund. Die Kehle zerdrückt. Sie saß an ihrem Schreibtisch. Die Wohnung war blitzblank. Kannst du das alles so aufschreiben, als hätte ich es geschrieben? Du weißt schon, grausamer, als du das sonst machst.«

Jack unterdrückte das Verlangen, Ellis erneut ins Gesicht zu schlagen. »Ja«, sagte er. »Was noch?«

»Mann, alles war sauber«, wiederholte er. »Nichts in Unordnung. Ein paar Blutspritzer auf ihrem Laptop, ein paar Tropfen auf dem Boden, aber sonst… na ja, schau selbst!«

Ellis holte seinen Fotoapparat heraus und hielt ihn Jack so hin, dass er das Display sehen konnte, dann scrollte er die Bilder durch. Die Ansicht von hinten wirkte, als säße jemand an der Arbeit, nichts war verrückt. Als Ellis die Fotos bis zur Frontalansicht durchging, kniff Jack die Augen zusammen, zwang sich aber, wieder hinzusehen. Er bemühte sich um Konzentration. Der Mund, der ihn geküsst hatte, war bis zur Unkenntlichkeit entstellt. Ihr Körper, den er noch Stunden zuvor gehalten und der mit seinem verschlungen gewesen war, übersät mit roten und schwarzen Flecken und Schwellungen. Die Augen offen, nach hinten verdreht und wie zusammengeschrumpft in ihren Höhlen. Jack spürte, wie ihm die Galle hochkam.

Er hasste Ellis. Und er war sich sicher, dass dieser Fotos vom Tatort gemacht hatte, bevor er die Polizei rief, weil er mit den Fotos vielleicht noch anderes vorgehabt hatte. Jack atmete durch und unterdrückte seine Wut. Dann sah er sich wieder den Tatort an, entschlossen, etwas Brauchbares zu finden. Irgendetwas, das sich vielleicht nicht an seinem Platz befand und ihm sagte, wer der Mörder war.

»Geh noch mal zurück!«, verlangte Jack. »Was ist das?«

Auf dem Schreibtisch lag ein runder, faustgroßer Stein.

»Wo?«

Jack wies darauf, und Ellis vergrößerte das Bild.

»Das ist ein Briefbeschwerer«, sagte er.

»Sie besaß keinen Briefbeschwerer«, widersprach Jack. »Zoom mal etwas näher heran!«

In der Mitte des Steins war fein eingraviert der Buchstabe X zu erkennen.

»Der lag noch nicht da, als ich ging«, erklärte Jack.

»Was?«, fragte Ellis, und in seiner Stimme schwang jetzt so etwas wie Angst mit.

»Ich war letzte Nacht mit ihr zusammen«, sagte Jack. »Die Nächte davor auch, und der Stein war vorher nicht in ihrer Wohnung. Danke, Walter, du kannst dir gar nicht vorstellen, wie hilfreich das war.«

»Das ist abgefuckt, Mann!«, stieß Walter hervor. »Das ist so abgefuckt, die müssen den Kerl kriegen.«

»Wir sind ganz dicht dran«, sagte Jack und stand schon an der Tür. »Dichter als je zuvor. Danke, Ellis!«

»Warte!«, rief Ellis ihm nach. »Wann schreibst du meinen Artikel?«

36

Im schweißnassen Jogginganzug saß Jack im Auto vor dem Gebäude der Gerichtsmedizin. Er überprüfte sein Handy für den Fall, dass jemand ihn oder er jemanden angerufen hatte. Über eine Stunde war vergangen, und er hatte keine Ahnung, was er gedacht oder empfunden hatte.

Sharon hatte sich geweigert, ihn zu empfangen. Er wusste nicht, ob Emily oder Chen sie angerufen hatte oder ob es Spuren seiner DNA an der jüngsten Leiche gab. Als Antwort hatte er nur ein postwendendes nüchternes Nein erhalten.

Doch irgendwie musste es möglich sein, den Stein aus Micaelas Tasche zu Gesicht zu bekommen. Er fuhr nach Hause, duschte und aß eine Kleinigkeit. Dann sah er sich auf dem Computer noch einmal alles aus den digitalen Archiven zu Annas Tod an und las die Berichte über den Juwelenraub nach.

Er suchte nach einem Foto oder einer Beschreibung des Steins, der den Diamanten im Ring ersetzt hatte, und entdeckte schließlich einen Blog, der über Verbrechen berichtete. Die Welt ist voller Monster, dachte Jack. Der Post ging in voller Länge auf das als brutalen Mord und cleveren Raub beschriebene Verbrechen ein. Er las ihn zügig durch. Nach Einschätzung des Autors, der sich im Netz den Spitznamen *Diamantenmordspürhund* gab, behauptete der Freund eines Freunds, der bei New Scotland Yard arbeitete, dass der Dieb den Stein zum Spaß in den Ring eingefügt und ihn sogar mit einer Gravur der Karatangabe V I I versehen hatte, die er offenbar mit Lupe und feinem Instrument ausgeführt hatte. Die Frau musste offensichtlich sterben, weil sie sich gewehrt hatte. Eine Möglichkeit, die Quellen zu prüfen, gab es nicht, und in den Kommentaren darunter behaupteten manche, dass V I I die Initialen des Mörders seien, andere, dass es keine Zahl, sondern der Buchstabe M sei, der nicht tief genug eingeritzt worden war. Wieder andere meinten, dass die Frau eine Affäre gehabt und ihr Ehemann sie ermordet habe. Dass es keine Gravuren auf dem Stein im Ring gegeben habe, sondern diese lediglich Kratzer gewesen seien, die entstanden waren, als man den Stein einfügte.

Wieder andere behaupteten, dass sie eine Affäre gehabt und der Liebhaber sie ermordet und dann das Land verlassen habe. Jack hörte zu lesen auf und klappte seinen Laptop zu.

Sogar der Stein in Annas Ring hatte eine Gravur aufgewiesen.

Er ging das Verzeichnis der Bezirksangestellten auf seinem Handy durch, bis er Thom Andersons Nummer fand.

Anderson ging schon nach dem ersten Klingeln dran.

»Thom«, sagte Jack, »Jack Temple am Apparat. Ich hätte ein paar Fragen bezüglich des Steins, der bei Micaela Crawford gefunden wurde.«

»Kein Kommentar«, erklärte Thom. »Ich habe mein

Bestes gegeben und bin für Fehler in der Handhabung oder Beweisaufnahme nicht direkt verantwortlich.«

Wow!, dachte Jack. Da war jemand beraten und auf unverbindliche Antworten getrimmt worden. Und Thom war inzwischen offensichtlich von dem Fall abgekoppelt und wusste nicht einmal, dass er Jack entzogen worden war.

»Verstanden«, entgegnete Jack. »Ich rufe aber gar nicht an, weil ich wissen will, was du mit dem Beweismaterial angestellt hast«, sagte Jack.

»Oh«, sagte Thom überrascht und hörbar erleichtert.

»Auf dem Stein muss etwas eingraviert gewesen sein. Ich wollte wissen, ob du das fotografiert hast oder es mir beschreiben könntest.«

»Äh ... ich denke schon, na klar«, lenkte Thom ein. »Das bleibt aber vertraulich, oder? Das musst du mir versprechen.«

»Versprochen.«

»Also, es sah aus, als hätte jemand versucht, einen Namen oder Initialen oder so etwas wie ein Wort in den Stein zu ritzen.«

»Und was genau?«

»Nichts«, sagte Thom. »Es waren zwei längliche Kratzer zu beiden Seiten. Es sah aus, als hätte jemand angefangen, etwas zu schreiben, und dann aufgehört.«

»Waren die Kratzer tief?«

»Äh ... ja, ich vermute schon. Ich meine, aus einem anderen Winkel betrachtet, sah es wie ein Ist-gleich-Zeichen aus. Ich habe dazu einen Vermerk in meinem Bericht gemacht, aber das hat offenbar keinen interessiert.«

Jacks Herz fing wie wild an zu pochen.

»Danke, Thom!«

»Alles klar«, sagte er. »Ich habe nur versucht, meinen Job zu machen, Jack. Es wäre schön, wenn die Leute das zu schätzen wüssten. Aber bei so viel Inkompetenz ist das fast unmöglich …«

»Ich weiß, dass du dein Bestes gegeben hast, Kumpel, danke noch mal. Das hat mir für meine Geschichte sehr weitergeholfen.«

Jack legte auf. Auch wenn er froh über die Informationen war, die er bekommen hatte, war es doch unglaublich, dass Thom mit jedem über den Fall sprach. Man hätte ein Gesetz beschließen sollen, das es untersagte, Kinder von Wohltätern und Aktionären einzustellen.

Jack rief Dean an. Sein Unterricht musste vorbei sein, und er wollte seine Stimme hören, um sicherzugehen, dass alles in Ordnung war.

»Hi«, sagte Jack. »Wie war's in der Schule?«

»Alles super.«

»Geht's dir gut, du klingst genervt. Wo bist du?«

»Ich stehe gerade auf dem Parkplatz. Mein Wagen springt nicht an, irgendwas mit der Lichtmaschine stimmt nicht. Ich warte auf Randy, er wollte mich abholen.«

Jack warf seinen Wagen an.

»O Mann, belästige Randy nicht! Ich bin sowieso gerade auf dem Weg raus, arbeite an einer Geschichte«, ließ er so beiläufig wie möglich verlauten.

»Echt?«

»Ja, ruf ihn lieber gleich an, und sag ihm ab! In etwa fünfzehn bis zwanzig Minuten bin ich bei dir.«

Jack raste zum Campus, das Adrenalin pulsierte durch seine Adern, er dachte an die Gravuren auf den Steinen und was sie möglicherweise bedeuten konnten. Initialen? Vielleicht wollte der Mörder im Lauf der Zeit seinen Namen buchstabieren. Eine algebraische Gleichung? Ein Stein mit einem Ist-gleich-Zeichen, einer mit Symbolen für *größer als* oder *kleiner als*, je nachdem, wie man ihn hielt, und ein weiteres Ist-gleich-Zeichen? Im Zusammenhang konnte es bedeuten: *Ist gleich ist größer als (oder kleiner als) gleich*. Das ergab doch keinen Sinn. Der Stein auf Jessicas Schreibtisch zeigte ein X. Eine veränderliche Größe.

Die große Uhr über dem *Dockside* blitzte vor seinem geistigen Auge auf. Römische Zahlen. Welche die Toten zählten? Vielleicht hatte es in der Zwischenzeit noch andere Morde gegeben, von denen er nichts erfahren hatte. Aber auch das ergab keinen Sinn ... erst sieben, dann zwei, dann zehn ... Jack spürte einen pulsierenden Druck im Hinterkopf.

Dean stand auf dem Parkplatz des Campus der Seattle Vocational neben dem Abschleppwagen, der seinen alten Toyota auflud, und winkte Jack heran, als er ihn einfahren sah. Erleichterung ergriff Jack. Da stand sein Sohn, gesund und munter und kämpfte gegen alltägliche Sorgen.

Jack fuhr zu ihm und stieg aus.

»Hi, Dad, danke, dass du gekommen bist«, sagte Dean.

Jack umarmte seinen Sohn, der Junge lachte und musterte Jack skeptisch. »Alles in Ordnung?«, fragte er.

»Ich sitze an einer komplizierten Story«, antwortete er und suchte vor seinem Sohn zu verbergen, was ihm in den vergangenen vierundzwanzig Stunden widerfahren war. »Manchmal beginnt der Tag früh und scheint dann nie zu enden. Wie geht es dir?«

»Gut«, antwortete Dean. »Hast du etwas Zeit, dir die Uhr anzusehen, die ich gerade mache? Ich meine ... nachdem du schon mal da bist ...«

Jack hätte Dean am liebsten ins Auto verfrachtet und ihn schnell weit weg in Sicherheit gebracht. Doch er bemühte sich, entspannt zu wirken.

»Klar«, sagte Jack. »Sehr gern.«

Die Klassenzimmer der Seattle Vocational waren sauber und glänzten, alles wirkte wie an einer Highschool. Er folgte Dean zum Klassenraum, in dem die Uhren gemacht wurden, und sobald er ihn betrat, wusste er, weshalb sein Sohn das liebte. Hier war es sauber und still. Es gab verschiedene Arbeitsbereiche mit Metalltischen und Schränken, ausziehbare starke Lampen, kleine Bohrer, Werkzeuge und Fächer auf den Tischen für die Kleinteile.

Dean trat an einen der Tische und öffnete mit einem Schlüssel, der an einem Schlüsselring hing, eine Schublade.

Er zog ein Tablett mit winzigen Teilen und scharfen, tödlich anmutenden Werkzeugen heraus, es war tatsächlich faszinierend. In einer Ecke des Tabletts lag Deans Uhr, durch die geöffnete Rückseite waren Messing- und Stahlrädchen an ihren Aufhängungen zu sehen. Die glänzenden Teilchen vermittelten Präzision.

»Das ist toll«, sagte Jack.

Dean grinste. »Ja, stimmt. Es macht auch wirklich Spaß«, sagte er.

»Was für ein kleines Gerät«, staunte Jack.

»Ich weiß«, sagte Dean. »Es ist sehr komplex und gleichzeitig so einfach.«

Jack sah Dean zu, wie er das Uhrwerk mit einer Nadel sanft anstieß.

»Was willst du nach deinem Abschluss machen?«

»Das weiß ich noch nicht«, antwortete Dean. »Vielleicht arbeite ich eine Weile für Cartier oder Michelsen in Island. Ich habe mir auch überlegt, ins Nanodesign einzusteigen, wenn ich hier fertig bin.«

Jack strahlte seinen Sohn an. »Junge, das sind ziemlich großartige Pläne!«

Die Tür zum Zimmer ging auf, und gefolgt von zwei anderen Studenten, kam Sam herein. Er sah kurz zu Jack und Dean herüber, winkte und öffnete einen Schrank für die Studenten, die ihre Teile herausholten. Sam sprach noch eine Weile mit ihnen und kam dann zu Dean.

»Dieser junge Mann hier vergisst nie seinen Schlüssel«, sagte er über Dean. »Wie läuft's?«, fragte er. »Zeigst du deinem alten Herrn gerade alles?«

»Das ist wirklich ein bemerkenswertes Programm«, meinte Jack.

»Nun ja, du kannst ziemlich viel damit anfangen, deshalb empfehle ich es auch gern als Hauptfach. Außerdem macht mir Basteln selbst Spaß. Dir stehen verschiedene Türen offen, wenn du dir diese Technologie erst einmal zu eigen gemacht hast. Ich freue mich, dass du dich dafür interessierst. Dean ist fleißig«, erklärte Sam.

»Natürlich«, stimmte Jack zu. »Ich wusste gar nicht, wie kompliziert das ist.«

Sam lächelte. »Dein Sohn ist ein schlaues Kerlchen. Wahrscheinlich hat das was mit Geburtenfolge zu tun. Ich habe mehrere Bücher darüber gelesen. Bist du der Ältere?«, fragte er Dean.

Die Frage rief Trauer bei Dean und Jack hervor, bis Jack die Hand auf den Rücken seines Sohns legte.

»Ja«, sagte Dean.

»Dann bist du der Streber«, vermutete Sam.

Jack nickte.

Auf dem Nachhauseweg hielten sie bei *Hot Mama's* für eine Pizza.

Dean knabberte an seinem dritten Stück Pizza mit Pesto und sprach über Sorgfalt bei der Herstellung von Stahlgetrieben mit einem Durchmesser von weniger als einem Zentimeter. Jack stützte sich auf die Kunstholzplatte des Tischs, sog alles in sich auf und hatte einen Moment lang das Gefühl von Normalität. Das vergilbte blaue Poster von John Coltrane, das ihn in den Achtzigern zum Jazz gebracht hatte, das eingerissene schwarzweiße Foto einer Kirchengruppe in Harlem, ein Wimpel der Seahawks Superbowl, eine Fahne der Meisterschaft von 1966 des Football Teams von SCCC.

»Und, triffst du dich an der Schule mit irgendwem im Besonderen?«, fragte Jack.

Dean lächelte. »Ich habe ein paar coole Leute im Kurs«, sagte er verschämt.

»Und nach welchen Kriterien wählst du aus? Wenn sie eine gute Uhr machen, verabredest du dich?«, fragte Jack und grinste. »Oder verschwendest du keine Zeit mit Reden?«

Dean stöhnte. »Ein typischer Sparwitz von Dad. Habe schon lange keinen mehr gehört ... hast du noch einen?«

Jack lachte. »Na gut ... mal sehen, ob mir noch einer einfällt. Also, mein Arzt hat mir geraten, auf meine Trinkgewohnheiten zu achten, seitdem trinke ich vor dem Spiegel.«

Dean lachte, obwohl er den Witz schon x-mal gehört

hatte. Jack liebte es, seinen Sohn lachen zu hören, und erzählte ihm deshalb gleich noch einen.

»Ich habe meinem Psychiater von meinen Selbstmordgedanken erzählt. Seitdem nimmt er Vorkasse.«

Und diesmal lachte Jack mit. Er brauchte das, es fühlte sich gut an, wenn er auf dem Gesicht seines Sohns ein breites Lachen sah. Er liebte seinen schwarzen Humor. Die beiden beugten sich vor und kicherten vergnügt.

»Ich habe meinen Dad gefragt, ob ich eislaufen gehen darf. Er hat gemeint, ich soll warten, bis es wärmer wird«, sagte Dean.

»O Mann, der hat schon einen Bart!«, lachte Jack. »Gutes Erinnerungsvermögen.« Er atmete durch und sah seinen Sohn an. »Junge, hör mal, bleib doch heute Nacht bei mir!«

Dean lachte immer noch ein wenig. »Nee, das geht nicht«, sagte er. »Ich habe schon was vor und muss mich morgen früh außerdem um den Wagen kümmern.«

»Bist du dir sicher?«, fragte Jack. »Wir könnten einen Film anschauen und morgen zusammen joggen gehen.«

»Musst du nicht arbeiten?«, fragte Dean.

»Nein«, entgegnete Jack ernst. »Nein. Ich möchte lieber etwas Zeit mit dir verbringen.«

»Boah, alles okay bei dir?«, fragte Dean.

Jack war entsetzt bei dem Gedanken, dass Dean allein zu seiner oder Emilys Wohnung zurückkehrte. Und er wusste, dass Dean ihm das ansah. »Lass uns das lieber für nächste Woche planen«, schlug Dean vor. »Wir könnten uns was nach Hause bestellen, statt auszugehen.« Er sah, dass der Junge ihn zu beruhigen suchte. Und auch, wie gern er mit seinen Freunden ausgehen wollte.

»Ich finde, unter den gegebenen Umständen und angesichts der schweren Verbrechen, die gerade passiert sind, bleibst du besser in der Nähe.«

»Du sagst doch immer, dass dauernd gefährliche Sachen passieren«, wandte Dean freundlich ein.

»Ja, aber diesmal meine ich es ernst«, antwortete Jack.

»Ich weiß, dass dich das mit Pfarrer Donny sehr mitgenommen hat«, sagte Dean. »Das geht uns allen so, ich meine, das ist echt beschissen und traurig, aber es geht mir gut. Ich weiß, worauf ich achten muss. Schon vergessen? Meine beiden Eltern haben mit Cops und Krankenhäusern zu tun. So blöd bin ich also nicht.«

»Clever oder blöd, in solchen Situationen spielt das keine Rolle«, drängte Jack weiter. »Du musst vorsichtig sein.«

»Dad, hör auf damit! Ich bin nicht Sophia.«

Die Worte schmerzten, und Jack spürte plötzlich, wie ihn eine Welle der Trauer überschwemmte.

Dean sah ihn liebevoll an. »Ich bin einen Meter achtzig groß, ein Mann und habe mein ganzes Leben in dieser Stadt verbracht. Heute Abend bin ich mit Freunden in einem öffentlichen Lokal verabredet. Da bin ich nicht allein. Und von hier gehe ich tatsächlich nur sechs Häuserblocks weiter.«

Jack wusste, dass er nichts ausrichten konnte. Er konnte seinen Sohn nicht mit Gewalt aufhalten. Er konnte ihn nicht hochheben und dafür sorgen, dass er mit ihm in seine Wohnung kam. Er wollte ihn nicht manipulieren oder ihm Schuldgefühle einjagen. Dean hatte seine ganze Pubertät unter den Folgen des Verschwindens seiner Schwester zu leiden gehabt. Er und Emily hatten hart dafür gekämpft, ihm zu helfen, selbstsicher zu werden und das Leben zu führen, das er gerade begonnen hatte. Doch die Angst, dass ihm etwas zustoßen könnte, legte sich nur selten. Außerdem wollte er nicht, dass Dean ihn für paranoid hielt oder bezüglich seiner Pläne belog. Jack war sich sicher, dass Dean und Emily über seine überfürsorgliche Art und seinen Argwohn gesprochen hatten. Er wusste, dass Emily das oft mit seinem Job abgetan hatte, und er wollte nicht, dass Dean seine Ängste ausblendete, wie sie das getan hatte.

Jack nickte. »Cool«, sagte er und versuchte die Angst in seiner Stimme zu unterdrücken. »Ich bringe dich hin.«

Dean zuckte die Achseln und lachte. »Okay«, sagte er.

Sie verließen das Lokal und bogen nach rechts auf die Pine Street Richtung Bucht ab, kamen an den klotzigen Ziegelbauten mit Eigentumswohnungen vorbei, welche die ursprünglichen Läden wie *Kincora* und *Harry's Grocery* ersetzt hatten.

Jack brachte ihn zum *Mighty-O Donuts*, wo eine Gruppe streberisch aussehender Jungen herumhing. Einer von ihnen sah auf und winkte Dean zu.

»Alles okay, Dad. Wirklich«, sagte er und lächelte. »Versprochen.«

»Ich vertraue dir, mein Junge«, sagte Jack. »Ich weiß, dass du auf dich selbst aufpassen kannst. Aber bitte tu deinem alten Vater den Gefallen und schreib mir, wenn du zu Hause bist, ja?«

»Mach ich«, versicherte ihm Dean. Er beugte sich zu Jack herunter, drückte ihn fest und hob ihn dabei fast hoch – zweifellos auch, um ihm zu beweisen, wie stark er war.

Jack sah Dean nach, als er sich zu seinen Freunden gesellte und bereits über einen Witz lachte, den sie gemacht hatten. Dann ging er allein die dunkel werdende Straße zurück. Wieder dachte er an Jessica und schüttelte die schrecklichen Bilder ab, die Ellis von ihr gemacht hatte. Ein weiterer Todesfall, der sich wie ein grauer Schatten um das schwarze Loch der Trauer über den Verlust von Sophia legte.

Jack holte tief Luft, um seine Anspannung loszuwerden. Er hatte nicht das Gefühl, verfolgt zu werden, und der ganze Abend war in der Tat problemlos vorübergegangen, wie er es sich unter den gegebenen Umständen nur wünschen konnte.

Als er in seine Tasche nach dem Schlüssel griff, geriet ihm etwas Flaches und Hartes in die Hand, eine kleine Plastikkarte. Er zog sie heraus und betrachtete sie im gelben Licht der Straßenlaternen.

Es war ein Führerschein. Nicht seiner, sondern einer, der 1982 abgelaufen war.

Er sah sich das Foto genauer an, konnte es aber kaum erkennen. Es war ein gewerblicher Führerschein, rissig und verblasst, die Ecken bogen sich auf. Die erste Adresszeile lautete auf Beeline Bus Company. Jack erstarrte.

Der Name auf dem Führerschein war der von Roger Stallworth.

37

Vom Herumirren fühlte er sich müde, aber bald schon würde er frei und in der Lage sein, auch alle anderen zu befreien. Es fiel ihm nicht leicht, geduldig abzuwarten und den Prüfungen des Glaubens standzuhalten. Die Zeit war fast um, dennoch wusste er nicht, wer der Letzte sein würde. Das Warten auf das Zeichen schien ihm wie das Warten darauf, wieder frei atmen zu können.

Er fuhr langsam und hatte manchmal den Eindruck, dass ihm jemand folgte, manchmal bewegte er sich völlig willkürlich. Manchmal nahm er die Botschaften wahr, manchmal ließ er sie außer Acht. Er eilte von Verbrecher zu Verbrecher, erstellte Listen von Fehlverhalten und veröffentlichte sie, verkündete, was der Welt widerfahren würde, wenn sie sich weiter so verhielt wie bisher.

Sein Leben zu Hause spielte sich vor aller Augen ab, die Vorhänge waren nie zugezogen. Er saß wie benommen, wie gelähmt am Küchentisch und meditierte. Er trank Alkohol und ging seine Reliquien durch, die Hinterlassenschaft der Heiligen. Ihre Schulzeugnisse, ihre gefiedelten Kirchenlieder. Er las über die Taten. Das war ein Vorbild, nach dem man sich richten konnte. Er schrieb und studierte penibel alles und wusste, dass seine Worte noch mehr Gewicht hatten, seit er ausgestoßen worden war.

Während er leise vom Fenster wegglitt, wusste er, dass seine Arbeit fast erledigt war. Der Nächste würde ein falsch Zeugnis reden wider seinen Nächsten. Sobald es bekannt war, würde er die Sache selbst in die Hand nehmen. Sie vor einer Welt erstickender Qualen und Unsicherheit retten.

Er würde die letzte Gabe ausliefern.

In nur einem Tag.

Er würde alles auf dieser Welt zum Guten wenden.

38

Der Morgen kündigte sich mit Regen an, der gegen die Fenster trommelte. Jack öffnete die Augen und sah das Chaos vor sich. Die Schachteln mit Sophias Sachen, deren Inhalt auf Tisch und Boden verteilt war. Ihre Schularbeiten lagen da. Fotostapel. Zeitungsausschnitte hingen im Wohnzimmer an der Wand. Er spürte Roger Stallworths Führerschein in der Hand und las die Adresse.

Stallworth wohnte in einem Mobilhome am Ende einer unasphaltierten Straße außerhalb des Dorfes Gold Bar. Er brauchte eine Weile, um es zu finden. Auf dem Weg dorthin fuhr er an einer Jurte und am Wrack eines alten Greyhound-Busses vorbei, der auf Blöcken stand und mit Moos überwuchert war. Verrostete Landmaschinen standen zum Verkauf auf einem unkrautüberwucherten Grundstück. Eine verwitterte einräumige Kirche mit einem schmalen weißen Kirchturm stand am Rand eines Baches, der an das Grundstück angrenzte.

Jack parkte und stieg die schlammige Böschung hinauf, ohne zu wissen, was er zu dem Mann sagen sollte. Er hatte nur das Gefühl, dass er hier sein musste. Er verfluchte Louise, dass sie überhaupt seinen Namen erwähnt hatte.

Niemand kam zur Tür, doch als er etwas kräftiger daran klopfte, öffnete sie sich.

»Hallo!«, rief Jack.

Er hörte ein Rascheln, dann leichtes Getrappel im Haus, kurz darauf rannten zwei Katzen an ihm vorbei ins Freie.

Im Haus roch es nach Müll und Katzenklo, doch die Küche war sauber. Ein leerer Beutel Katzenfutter stand auf dem Tresen, ein Loch war hineingenagt, einige Kügelchen Trockenfutter lagen auf dem Boden. Der rissige Linoleumboden hing durch und fiel schräg zum Wohnraum ab, in dem ein brauner Teppich lag. Der Fernseher lief, aber der Ton war abgedreht.

»Hallo!«, rief Jack. »Roger?«

Niemand antwortete.

Er tat ein paar Schritte und wurde von einem Gestank getroffen, der dem einer toten Ratte glich.

Die Tür zu Stallworths Schlafzimmer stand offen, er sah die Umrisse seines Körpers unter dem Laken. Es war kurz nach Mittag. Er wusste, dass er gehen sollte.

Er betrat das Schlafzimmer. Auf einem maßgefertigten hölzernen Bücherregal reihten sich Taschenbücher mit gelbem Rücken aneinander. Auf einer burgunderfarbenen Kommode stand das Bild einer älteren Frau. Vermutlich Stallworths Mutter.

»Roger?«, fragte Jack leise.

Er ging zum Bett und zog die Decke weg, darunter lagen auf dem Rücken die aufgedunsenen Überreste von Roger Stallworth. Seine Augen waren tief in den Schädel gesunken, eine Wange war angenagt und zeigte seine geschwollene Zunge. Eine Hand, die bis auf die Knochen abgefressen und sauber geleckt worden war, lag auf seiner Brust.

Die Laken waren mit getrocknetem Blut befleckt, ockerfarben und braun wie die Erde. Rot und schwarz unterlaufene Quetschungen umschlossen den flach gedrückten Hals wie Blüten einer exotischen Blume.

Jack würgte, ließ die Decke fallen und verließ rasch das Zimmer. Dann war er draußen und stolperte die drei Stufen bei der Tür hinunter. Er hatte bereits sein Handy in der Hand und wählte die 911.

Draußen im Garten bei der Jauchegrube erhob sich eine kleine Steinpyramide, umgeben von Kiefernzweigen und verfaulten Blättern.

39

»Hast du die Belehrung über deine Rechte verstanden? Willst du trotzdem aussagen?«

Im Verhörraum war es kalt, aber vielleicht stand Jack auch unter Schock. Er sah auf die doppelte Spiegelwand vor sich und überlegte, wer wohl dahintersaß und ihn beobachtete.

»Amy, natürlich will ich aussagen. Schließlich habe ich euch gerufen.«

Chen saß ihm gegenüber mit dem Rücken zum Spiegel an dem viereckigen Tisch. Neben ihr hatte Sergeant Scalan Platz genommen, dessen durchdringend blaue Augen ihn voller Missachtung musterten. Er wirkte wütend, als Jack ihr antwortete.

»Okay«, sagte Chen. »Lass uns von vorn anfangen!«

Jack erzählte ihr, dass er die letzten vierzig Jahre Briefe von Louise erhalten habe. Er erzählte ihr, dass er am Ende eine Gebetskarte bekommen habe, die ihn zu einem Besuch bewog. Und dass sie es gewesen sei, die ihn gebeten habe, Roger Stallworth zu vergeben. Er erzählte ihr, dass er am folgenden Tag Stallworths Führerschein in seiner Tasche gefunden und so beschlossen habe, ihn zu besuchen.

»Woher kam der Führerschein?«

»Ich habe keine Ahnung.«

Chen und Scanlan wechselten vielsagende Blicke.

»Du musst dich schon ein bisschen mehr anstrengen«, meinte Scanlan.

»Hört zu!«, sagte Jack. »Ich bin heute dort rausgefahren. Er war ganz offensichtlich schon länger tot... Mein Gott, keine Ahnung, wie lange, aber lange genug, dass die Katzen ihn angeknabbert haben.«

»Findest du das etwa lustig?«, fragte Scanlan.

»Was?«, fragte Jack. »Nein, überhaupt nicht.«

»Nach dem Verwesungszustand zu urteilen, war er mindestens schon zwei Tage tot«, sagte Chen. »Wir wissen, dass er am Dienstag noch am Leben war, weil verschiedene Personen aus dem Ort und der Barmann mit ihm zusammen waren. Am Mittwochmorgen fuhr er noch seinen Laster. Wir suchen nach einem Zwischenfall, der sich möglicherweise am Mittwochabend ereignete.«

»Findet ihr nicht, dass das zu dem Muster passt?«, fragte Jack.

»Ja«, sagte Amy. »Es passt.«

Jemand klopfte an das Glas auf der anderen Seite, und Scanlan verließ den Raum. Jack starrte auf seine Hände.

»Jack, wo warst du am Mittwochabend?«

»Ich habe bei Jessica O'Neil geschlafen.«

Chen musterte ihn skeptisch.

Tatsache war, dass er keine Ahnung hatte, wo er am Mittwoch gewesen war, nachdem er mit Randy gesprochen und versucht hatte, ihm den Scheck für Deans Schulgeld zu übergeben. Er hatte keinen blassen Schimmer.

»Wir haben mit Danny Conlan gesprochen. Du wurdest an dem Tag nach Hause geschickt. Jessica blieb länger in der Redaktion, weil sie einen Artikel übernehmen musste, den du nicht länger schreiben solltest. Wir wissen das auch deshalb, weil wir uns ihre Zeitleiste angesehen haben, nachdem wir ihre Leiche gefunden hatten. Also bitte, Jack, denk noch mal genau nach! Wo warst du Mittwochnacht vor halb elf?«

Scanlan kehrte in den Raum zurück.

»Temple, wir haben deinen Sohn und deine Ex-Frau hier und werden ihnen ein paar Fragen stellen. Wir warten außerdem noch auf Catherine Liberatore. Sie sollte in den nächsten Stunden auch hier aufkreuzen. Tu dir einen Gefallen, und erzähl uns, was passiert ist!«

»Früher an dem Abend, noch bevor ich zu Jessica ging, habe ich mit Dean etwas gegessen«, sagte Jack.

Chen sah ihn an und wirkte erleichtert, doch Scanlan starrte ihn weiter an. Sein rechter Nasenflügel flatterte, er schien Lüge zu riechen. Dann stand er auf und ging wieder aus dem Raum.

Jack musste eine solche Aussage machen. Er konnte nicht riskieren, dass man ihn ausgerechnet jetzt hinter Gitter brachte, da er so kurz davorstand, die Geschichte an die Öffentlichkeit zu bringen. Außerdem musste er auf freiem Fuß bleiben und dafür sorgen, dass Dean in Sicherheit war und wusste, wo er Zuflucht fand, falls es notwendig werden sollte. Jack wusste, warum er das tat, er wusste, dass Dean niemals lügen würde. Sie würden ihn ohne Umschweife darauf ansprechen, und er würde ehrlich darauf antworten. Bald würde es richtig schlimm werden, und Jack hatte keine Ahnung, wie er jemals einen Anwalt bezahlen sollte.

»Jack, damit will ich nicht behaupten, dass du es warst. Aber sei mal ehrlich, du hattest doch seit Jahrzehnten das Bedürfnis, Stallworth zu töten«, sagte Chen.

»Hatte ich nicht«, antwortete er. »Ich habe gar nicht an ihn gedacht. Ich habe bei dem Unfall Freunde verloren, Mannschaftskameraden. Sie kamen alle um, bis auf mich, aber ich war noch ein Kind, wie du weißt. Ich habe überlebt. Also, wenn ich die Geschichte schreiben müsste, würde ich sagen, dass viele Leute einen Grund gehabt hätten, diesen Mann zu töten. Menschen, die viel mehr als ich zu betrauern hatten. Eltern, die ihre Kinder verloren, die Frau meines Basketballtrainers, die ihren Ehemann verlor.«

»Aber dich hat das für den Rest des Lebens gezeichnet.«

»Das stimmt«, erklärte er trocken. »Die Wunden sind nicht verheilt.«

»Wir haben zwei verschiedene Aussagen von Leuten, die dich als paranoid bezeichnen, weil du behauptest, verfolgt zu werden. Jack, das ist eine ernste Sache – wer verfolgt dich deiner Meinung nach? Du hast das schon einmal nach Sophias Verschwinden geglaubt. Aber wenn du dich recht erinnerst, warst du derjenige, der den Bezirksarbeiter verfolgte.«

»Hör mal, das war ein Missverständnis«, widersprach Jack. »Hier geht es doch um etwas anderes. Ich habe Stallworth nicht gestalkt. Ich bin zu seinem Haus gefahren, weil nur zwei Menschen den Unfall überlebt hatten, er und ich. Ich wollte vorankommen. Ich wollte ihn als Menschen betrachten. Warum hätte ich die 911 rufen sollen, wenn ich es gewesen wäre? Ich bin doch derjenige, der die ganze Zeit sagt, dass sich alles zu sehr in meiner Nähe abspielt. Nein, warte! Warum schüttelst du gleich den Kopf? Hör mir zu! Es gibt weitere Anhaltspunkte. Amy, diese Steine, von denen ich dir erzählt habe, in die irgendein Code hineingeritzt wurde.«

»Jack, das musst du der Polizei überlassen. Du bist jetzt wegen einer anderen Sache hier.«

»Bin ich das?«

Das alles sagte er mit einer gewissen Resignation. Er wusste, es war nur eine Frage der Zeit, bis Emily ihnen erzählte, wie er völlig paranoid neulich Morgen zu ihrem Haus gefahren war. Bis Dean aussagte, dass er nicht wisse, wo sich Jack Anfang der Woche aufgehalten hatte. Bis Catherine der Polizei erzählte, dass sie ihn nach seiner Auseinandersetzung mit Ellis zum Psychiater begleitet hatte. Jack wusste besser als die meisten hier, was das alles zu bedeuten hatte, und er wusste, dass ein Zurück für ihn ziemlich wahrscheinlich nicht infrage kam.

»Ich gehe jetzt und kläre alle Hintergründe ab. Den Busunfall, Stallworths Akte. Du rührst dich nicht von der Stelle«, verlangte Chen.

Jack blieb allein im neongrünen Licht des Verhörraums zurück. Der Boden unter ihm war verkratzt und mit Schmutzflecken übersät. Seine Kleider rochen nach dem Haus des Busfahrers, sodass es ihm den Magen zuschnürte und sein Kopf sich ungewöhnlich leicht anfühlte.

Scanlan betrat wieder den Raum.

»Das Pech scheint dich zu verfolgen, nicht wahr?«, fragte er.

Jack schwieg.

»Oder vielleicht auch das Glück, ganz, wie man's nimmt«, sagte Scanlan.

Jack schüttelte den Kopf. »Ja, genau.«

»Ja. Deine Tochter verschwindet, du wirst verhaftet und wieder freigelassen, deine Freundin wird ermordet, du wirst verhaftet und wieder freigelassen. Du greifst einen Mann an, wirst erst gar nicht verhaftet, noch nicht einmal angeklagt. Du rufst die 911 aus dem Anhänger eines toten Mannes an, auf den du's ein Leben lang abgesehen hattest ... Du musst dich doch für einen Glückspilz halten, dass du mit den Cops Katz und Maus spielst, Donuts verteilst, uns nach Informationen ausquetschst, herumstolzierst und so tust, als würdest du uns für alles verantwortlich machen. Wie lange, glaubst du, kannst du dein Glück noch strapazieren?«

Darauf schwieg Jack. Er spürte, wie die Zeit verging und der Raum sich nicht länger kalt anfühlte. Er hatte jetzt auch das Gefühl, als könnet er sich von außen betrachten, als wäre er derjenige, der alles durch den doppelten Spiegel beobachtete.

Scanlan stand auf und kam mit dem Gesicht so dicht an Jack heran, dass der fade Kaffee in seinem Atem zu riechen war. Jack verzog die Lippen zu einem Knurren und wollte etwas sagen, als Chen wieder in den Raum zurückkehrte.

»Hast du es ihm schon gesagt?«, fragte sie Scanlan. Er wich wortlos zurück.

»Jack, du hast mir nicht die Wahrheit gesagt«, warf sie ihm vor.

Er wartete, dass sie ihm die Anklage vorlas, ihn den Gang entlangschickte, damit er seine Fingerabdrücke abgab und ein Foto von ihm gemacht wurde. Was dann kam, hatte er nicht erwartet.

»Du warst nicht das einzige Kind, das den Unfall überlebt hat.«

»Wie bitte?« Er hatte das Gefühl, alles noch einmal zu durchleben. Den Ruck, den Platsch, das Wasser, das durch die Fenster eindrang, als der Bus versank, das verbogene Metall, das blutrote Wasser.

»Es gab noch jemanden«, sagte sie. »Einen Jungen namens Harley Gill.«

»Harley Gill starb«, erklärte Jack. »Ich weiß das, weil ich ihn mit mir an die Oberfläche zog. Man wollte ihn wiederbeleben. Er hat es nicht geschafft.«

»Doch, hat er«, sagte Chen. »Du hast ihm das Leben gerettet.«

Jack versuchte, einen Sinn in dem Ganzen zu finden.

»Und ich habe mit deinem Sohn gesprochen«, fuhr sie fort. »Dein Alibi passt.«

Reglos stand Scanlan neben ihr und sah Jack weiterhin an, als wüsste er, dass das alles eine Lüge war.

»Du kannst gehen«, sagte sie. »Aber du darfst nicht verreisen, wir brauchen dich hier in der Nähe.«

Jack erhob sich auf schwankenden Beinen. Er hatte plötzlich Hunger und fühlte sich erschöpft.

40

Das erste Klingeln war noch nicht verhallt, da war Catherine bereits am Apparat.

»Temple, Herrgott noch mal!«, rief sie. »Erst schreibst du mir alle paar Stunden und fragst mich, ob alles in Ordnung ist, dann bist du nirgends zu finden. Wo bist du? Conlan sagte mir, dass du an einem Tatort aufgegabelt wurdest. Dann habe ich einen Anruf vom West Precinct bekommen, weil ich aussagen sollte, dann wurde ich zurückgepfiffen und sollte es vergessen. Verdammt, heute habe ich dann im Polizeireport gelesen, dass man Roger Stallworths Leiche gefunden hat. Seit du weg bist, bringt mich niemand mehr zum Auto, und alle hier sind wahnsinnig nervös. Ich dachte sogar, Conlan würde mich hinter seinem Bürofenster beobachten, während ich unten am Kai stand und geraucht habe. Seitdem habe ich dir dreißig Nachrichten hinterlassen, und bei unserem letzten Gespräch am vergangenen Abend hast du geklungen, als hättest du den Verstand verloren.«

Jack hatte keine Erinnerung an ihre Unterhaltung oder ihre Nachrichten, aber falls sie ihm welche hinterlassen hatte, hatte er sie bereits gelöscht.

»Ich bin draußen«, sagte er. »Es ist alles okay... Ich weiß gar nicht, wo ich anfangen soll. Bist du bei der *Sun?*«

»Auf dem Weg dorthin«, sagte sie. »Hier läuft es nicht besonders. Ellis spielt sich auf und posaunt überall herum, dass er an einem großen Scoop arbeite, und Conlan ist einfach nur schlecht drauf, Mann. So habe ich ihn noch nie erlebt.«

»Wir treffen uns unten«, sagte er. »Ich muss mit dir reden.«

Kurz darauf fuhr er auf den Parkplatz vor dem Zeitungsgebäude und wartete dort auf Catherine. Als sie gekommen war, eilten sie ins Gebäude durch die Laderampe und hinunter in den Keller zum Bildarchiv der Zeitung.

Jack erzählte ihr rasch von Stallworth, den Zeichen auf den Steinen, von seinem Verdacht gegen Randy und den Gebetskarten, die er erhalten hatte. Sie hörte ihm aufmerksam zu. »Ich habe das Gefühl, dass sich niemand in meiner Umgebung in Sicherheit befindet, solange das nicht geknackt ist«, sagte er. »Und Scanlan hat es auch auf mich abgesehen. Irgendwer versucht mich anzuschwärzen, damit ich weggesperrt werde.«

»Was soll ich tun?«

»Du musst mir helfen, jemanden zu finden«, sagte er.

»Wen?«

»Harley Gill«, sagte Jack. »Ich war nicht der einzige Überlebende nach dem Unfall. Es gab noch ein weiteres Kind.«

»Kannst du dich an ihn erinnern?«

»Schon, aber ich habe es falsch im Gedächtnis behalten.«

Zusammen sahen sie das *Sun*-Archiv in jenem Monat

durch, in dem sich der Unfall ereignet hatte, und auch im Jahr darauf. Dort waren Bilder, die Jack noch nie gesehen hatte, Fotos um den Bus und wie er absank. Weinende Retter, ein Foto von Jack mit einer feuchten Decke um die Schultern, wie er verstört am steinigen Ufer stand. Ein Porträt von Stallworth und ein Artikel dazu, dass er seinen Busführerschein erst zwei Wochen vor dem Unfall erhalten hatte. Dann fanden sie endlich ein Bild von Harley Gill. Es war ein Klassenfoto, darunter die Erklärung, dass er auf der Intensivstation lag. Auf verblüffende Weise ähnelte er Jack als Kind, nur wirkte er schwerer. Dichtes dunkles Haar, dunkle Augen. Er lächelte, trug ein Polohemd mit rotem Kragen und einem Krokodil links auf der Brust.

»Wie konntest du ihn vergessen?«, fragte Catherine.

»Ich kann mich nur daran erinnern, dass er starb«, sagte Jack. »Ich erinnere mich, dass ich ihn an die Oberfläche zog und er nicht mehr atmete. Nach dem Unfall habe ich nie Zeitung gelesen, und wenn die Nachrichten kamen, stellten meine Eltern den Fernseher ab, oder ich verließ das Zimmer. Ich erinnere mich nicht einmal an den Monat, in dem es passierte, oder an Einzelheiten dazu. Meine Eltern sprachen nie darüber und schützten mich vor den Reportern. Wir blieben bei meiner Tante in Kalifornien, bis wir irgendwann zurückkehrten. Ich wechselte oft die Schule und erinnere mich, dass sich die Ärzte anfangs irgendwie seltsam äußerten. Zum Beispiel sagten sie, dass ich etwas Besonderes und sehr tapfer sei. Aber das machte mich immer ganz krank. Ich wollte nicht darüber nachdenken. Es ist schwer zu erklären, aber ich fühlte mich wie betäubt. Zwischen diesem Ereignis und meinem echten

Leben zog ich eine Mauer auf. Ich erinnerte mich nicht einmal daran, dass ich Erinnerungen hatte.«

Catherine sah sich ein Foto an, auf dem kleine Körper unter einer Brücke im Wasser trieben.

»Kann ich verstehen«, sagte sie.

Eine weitere Notiz beschrieb, wie Harley Gill aus dem Krankenhaus entlassen wurde. Ein dritter Artikel erschien über ihn, als er zur Highschool ging und Mitglied einer Diskussionsgruppe wurde, die das Finale gewann. Es gab noch andere beiläufige Erwähnungen, aber alle hörten mit Harley Gills achtzehntem Geburtstag auf. Genau an dem Punkt, als Jacks Leben für jeden nachvollziehbar wurde. Jack ging aufs College, bekam Stipendien, begann nur wenige Jahre später seine Karriere als Reporter und veröffentlichte Geschichten. Er heiratete, gewann den George Polk Award für seine Reportagen über Gangs, war Mitglied verschiedener Akademien und professioneller Plattformen. Und nach Sophias Verschwinden erschien er in den Nachrichten.

»Verdammt, Jack«, sagte Catherine, »dein Leben war ...«

»Hätte ich doch nur von ihm gewusst«, sagte Jack. »Hätte ich doch nur gewusst, dass da draußen jemand wie ich herumläuft.«

Jack und Catherine gingen in den Archiven der Verbrechensfotos immer weiter zurück, zogen Fotos zu Storys heran, die mit ihm verknüpft waren. Er hatte die Zeichen notiert, die auf den Steinen bei Jessica, Anna und Micaela gefunden worden waren. Jetzt musste er nur noch sehen, ob es weitere gab.

»Er zählt sie«, sagte er und zeigte Catherine die kurze Liste.

»Das ergibt doch gar keinen Sinn. Sie sind überhaupt nicht geordnet.«

Im Archiv gab es Fotos von dem Unfall, bei dem Jacks Scheidungsanwalt ums Leben gekommen war, und eins, das auf den Abschiedsredner seiner Klasse zurückging. Außerdem lag ein sehr plakatives Bild von Michael Robinson vor, dem früheren Gangmitglied. Auf dem Foto war der Stein sofort zu sehen. Robinson hielt ihn in der Hand, unter ihm breitete sich eine Blutlache aus, die an große Flügel erinnerte. Jack holte eine Lupe heraus und sah sich den Stein näher an.

»Hier!«, rief er und reichte Catherine das Foto mit dem Vergrößerungsglas.

Auf den Stein war ein ≥ eingraviert.

»Ich habe Mathe schon immer gehasst«, sagte sie. »Größer als oder ist gleich?«

»Oder seitlich betrachtet eine römische Vier.«

Er schrieb es auf, während Catherine weitere Fotos durchsah. Die Aufnahme von dem Selbstmord war vermutlich die grauenhafteste, der Stein war blutig und hatte nur einen einzigen Kratzer, eins – Jack trug auch das in seine Liste ein.

Aus dem Autowrack des Anwaltes konnte nichts geborgen werden.

»Das ist zu wenig, um fortzufahren«, wandte Jack ein.

»Warte!«, bat Catherine. Sie ging online und rief die Titelseite der Zeitung vom Tag zuvor auf. In der Mitte prangte viereckig ein Foto von Stallworths Anhänger. Der Steinhaufen im Vorgarten neben der Senkgrube war deutlich zu erkennen. Sie vergrößerten das Foto und untersuchten die Steine auf Zeichen.

»Da!«, rief Catherine. »In der unteren Ecke.«

Und da war tatsächlich ein Stein mit einem Zeichen zu sehen. Jack notierte ein VI und sah sich dann alle Zeichen noch einmal an.

Es war eine Gleichung, die keinerlei Sinn ergab.

»Könnte es vielleicht eine Anmerkung zu jedem Opfer sein?«, fragte Catherine. »Sie sind kleiner als oder größer als oder haben etwas verfehlt? Vielleicht steht es auch einfach nur für etwas anderes, ein X?«

Sie sahen es sich lange an. Dann fand Catherine die Fotos, die Ellis von Pfarrer Donny gemacht hatte.

Es gab zwei Bilder, eins, auf dem Donny einen Stein im Mund hatte, und eins danach, als man den Stein entfernt und als Beweismittel neben Donnys Leichnam gelegt hatte. Jack fragte sich, wie Ellis überhaupt dort hineingekommen war, um Fotos zu machen.

Auf dem Beweisfoto waren drei gerade Linien in der Mitte des Steins zu sehen.

Jack stand auf, lief im Raum umher und fuhr sich mit den Händen durch das Haar. Frustriert trat er gegen einen Aktenschrank und wirbelte dabei eine Staubwolke auf. Das Neonlicht im unterirdischen Gewölbe flackerte und summte. Dann drehte er sich weg und legte die Stirn an die kühle Betonwand.

Schließlich kehrte er zu Catherine zurück und lehnte sich stumm an ihre Schulter. »Zahlen«, murmelte er. »Römische Zahlen.«

»Er markiert die Opfer, zählt sie«, sagte sie. »Aber warum? Um sie nachzuverfolgen? Das ergibt doch keinen Sinn.«

»Nichts davon ergibt einen Sinn.«

Nun verband Jack die einzelnen Zahlen mit den Fotos der dazugehörigen Leiche; die Zahlen waren bezüglich ihrer Reihenfolge nicht geordnet. »Es könnte auch ein Code sein«, sagte er. »Womit etwas buchstabiert werden soll.«

Bei dem Gedanken erschauerte Catherine, rieb sich die Arme und bekam eine Gänsehaut. »Wir müssen Chen in Kenntnis setzen«, sagte sie.

Jack nickte so ruhig wie möglich, während er innerlich immer nervöser wurde. Plötzlich hatte er das Gefühl, dass Dean und Emily in großer Gefahr schwebten. »Du übernimmst das«, sagte er, und seine Stimme wurde laut. »Ich muss sichergehen, dass meiner Familie nichts zugestoßen ist.«

»Ja, habe verstanden, also geh!«, sagte Catherine. »Geh! Geh schon!«

41

Nichts kommt dem Augenblick der Entdeckung, der Erkenntnis gleich. Wenn man darauf achtet, ganz klar, ganz genau und scharfsinnig zu sein. Ihn dazu bringt, dass er dich sieht und deine Nachricht über Hoffnung und Wahrheit liest. Dieser Augenblick der Erkenntnis macht das Leben erst lebenswert. Nach seinem Bilde, nach seinem Gleichnis erschaffen zu sein.

Mehr zu wollen wäre vermessen, jetzt, da ihnen der Tag der Erkenntnis bevorstand. Jetzt, da seine Macht größer war als je zuvor. Wie hätte er mehr wollen können?

Das Tablet war fast voll. Und er hatte die letzten Zeichen klar und tief genug eingeschnitzt. Makellos. Ein Meisterwerk der Präzision und ein letztes Geschenk. Man konnte es nicht falsch deuten, die Fragen nicht missverstehen. Es war ein Versprechen, das sie einander gegeben hatten.

42

Der Regen peitschte gegen den Wagen. Wild und rücksichtslos raste Jack über die Straße, bis er in Columbia City vor der Umleitung stand. Mist! Dafür hatte er jetzt keine Zeit. Er machte eine Kehrtwendung und brauste die Rainier Avenue zurück. Der Verkehr staute sich, und sein Herz hämmerte wie wild. Er schlug auf das Lenkrad ein, bog dann wieder auf die South Grand ab und fuhr die MLK Jr. Way hinunter, und da war er. Der letzte Weg zu Emilys Haus führte nur über die Floßbrücke.

Seine Atmung wurde flach, und die Erinnerungen stürmten auf ihn ein. Der Bus, der sich mit Leichen füllte, die dahintrieben. Ein rotes Meer. Duanes langer blau-weißer Baumwollstrumpf und sein Turnschuh an einem Bein, das mit nichts verbunden war. Harley Gill bei der Tür, völlig erschöpft von dem Versuch, sie zu öffnen. Dann Luft und Sirenen, das Geräusch von Füßen, die über runde, flache Steine eilten.

Er begann im Auto zu hyperventilieren. Nein, nicht heute, nicht jetzt! Er riss das Handschuhfach auf, um die Medikamente herauszuholen, und griff stattdessen nach etwas Hartem. Es war ein Stein.

Er riss ihn heraus und hielt ihn in der Hand. Die Gravur war klein, aber sorgfältig ausgeführt. Um das zu bewerkstelligen, bedurfte es feiner Instrumente. Es war eine perfekte Kopie, geschwungen wie ein doppelter Grabstein auf der Oberfläche des Steins. Die gesamte Liste, römische Zahlen und hebräische Buchstaben, jedes einzelne Gebot bis auf die Nummer neun.

Jack zog sein Handy heraus und stellte es auf laut, dann wählte er Deans Nummer. Das Klingeln erfüllte das Auto, während er auf das Gaspedal drückte und die Brückenrampe hinaufraste. Angst und Zorn trieben ihn über die Brücke zu Emilys Haus. Deans Voicemail sprang an, er hinterließ ihm eine Nachricht und bat um sofortigen Rückruf. Als Nächstes versuchte er Emily zu erreichen, doch der Anruf landete gleich auf ihrer Mailbox. Dann probierte er es bei Randy. Auch hier kein Glück, niemand ging dran. Er hielt das Lenkrad umklammert, seine Fingerknöchel liefen weiß an, und er musste aufpassen, dass er nicht den Verstand verlor. Er hatte keine Zeit, musste klar bleiben. Was, wenn Randy ihn bereits geholt hatte? Wenn er Dean schon hatte?

Er raste im Regen die von Tannenbäumen flankierte, kurvige Straße entlang, fuhr zum Seiteneingang des Hauses, rannte über den Steingarten auf die Veranda und riss die Tür auf. Die Stille, die ihm entgegenschlug, war erschreckend. Und dann wandten sich alle Gesichter ausdruckslos und abwartend ihm zu.

43

»Jack«, sagte Randy sanft. »Willkommen, Bruder, alles in Ordnung?«

Louise Hanson lächelte ihn an, stand auf und begrüßte ihn.

»Wo ist Dean?«, wollte Jack wissen. »Wo ist Emily?«

Zunehmende Sorge breitete sich auf den Gesichtern der Mitglieder des Bibelkreises aus. Er sah Valerie Crawford. Bei seinen Worten zeigte sich Trauer auf ihrem Gesicht.

»Dean ist in der Schule«, sagte Randy ruhig, als fungierte er als Unterhändler einer Geiselnahme. »Emily hat heute Dienst. Sie ist bei der Arbeit.«

Jack keuchte und versuchte, die Umgebung in sich aufzunehmen. Weitere Mitglieder des Kreises saßen mit gesenkten Köpfen da und beteten ganz offensichtlich für ihn oder dafür, dass die Situation bald endete.

»Entspann dich, und setz dich eine Weile zu uns!«, schlug Randy vor.

Jack sah sich um und bemerkte einen freien Stuhl. War der für ihn bestimmt? Erneut musterte er die Gesichter der Mitglieder des Bibelkreises und dachte an das erste Mal, als die Gruppe ihn zur Heavenly Rest eingeladen hatte.

»Wir haben dich letzte Woche im Gebetskreis vermisst«, sagte eine Stimme, die das Rauschen in seinem Kopf durchdrang. Von weit her hörte Jack in seinem Kopf so etwas wie eine Antwort.

»Aber das nächste Mal werde ich nicht fehlen …«

Sam. Es war Sams Platz, und er war nicht da.

»Randy?«, fragte Jack, und eine wärmende Gelassenheit stieg in ihm auf. »Hast du eine Bibel, in die ich hineinsehen kann?«

Die Anspannung in der Gruppe löste sich, »Amen« und »Halleluja« wurde geflüstert. Randy strahlte, doch hinter seinem erleichterten, freundlichen Blick verbarg sich so etwas wie selbstgefällige Genugtuung, als er Jack seine eigene klobige Lederbibel reichte.

Alle sahen ihn an, als er mit nervenaufreibender Ruhe die Bibel nahm, die dünnen Seiten bis zum Exodus blätterte, dann mit den Fingern die Seite herunterfuhr und die Toten zu jedem Gebot zählte. Anna, Ehebruch. Michael Robin, Mitglied einer Gang und Mörder. Micaela, ihre Vergötterung von Mercer.

Er kam zum achten Gebot. »Du sollst nicht falsch Zeugnis reden wider deinen Nächsten.« Dean, dachte er wütend, wollte ihn beschützen und hatte zugleich Angst davor, dass es zu spät wäre. Dean hatte gelogen, um seinen Vater zu beschützen, er hatte sich nicht mit Jack zum Abendessen getroffen.

Jacks Handy brummte, und er atmete erleichtert auf, als er Deans lächelndes Gesicht auf dem Display sah.

44

»He, Junge!«, sagte Jack eindringlich, verließ das Haus und ging zum Auto. »Wo bist du?«

»Jack!«, schrie eine schrille Stimme ins Telefon.

»Heute ist unser Tag!«, kreischte sie. »Ich bin deinen Zeichen gefolgt und du den meinen.«

»Wer ist dran?«, flüsterte Jack. Es schnürte ihm die Luft ab, sodass er kaum sprechen konnte.

»Heute ist unser Tag. Wir können es vollenden«, sagte die Stimme. »Vierzig Jahre sind vergangen, seit wir gemeinsam die roten Fluten geteilt haben. Nun stehen wir am Rand der Klippe und blicken zusammen auf das Gelobte Land.«

»Ich sehe es«, sagte Jack, versuchte seine Angst in Schach und den Mann am Telefon zu halten. »Und heute ist der Tag gekommen, an dem du dich mir zu erkennen gibst und mir deinen Namen nennen wirst.«

»Du kennst meinen Namen, Jack. Du hast ihn als deinen eigenen angegeben. Manchmal haben wir uns miteinander verwechselt. Weißt du nicht mehr? Ich wollte immer für dich gehalten werden. Bei deinem Namen gerufen werden. Aber jetzt habe ich meinen eigenen.«

»Natürlich …«, sagte Jack und versuchte verzweifelt die rasende Wut eines Mannes zu begreifen, dessen Stimme sich wie ein Messer an seiner Kehle anfühlte. Jack setzte sich auf die Motorhaube seines Wagens, und die Stimme eines kleinen Jungen drang wie durch den Nebel vergangener Jahre zu ihm hindurch. »Ball zu mir!«

»Natürlich«, sagte Jack. »Aber jetzt würde ich gern einen Augenblick lang mit Dean reden.«

»Du wirst ihn sehen. Du wirst mit ihm sprechen«, sagte der Mann. »Wir treffen uns dort, wo alles begann …«

Die Verbindung brach ab. Einen Moment lang stand Jack zitternd da. Dann sprang er in sein Auto.

Der Lärm des Pausenhofs fiel ihm wieder ein. Das Quietschen der Turnschuhe, der dumpfe Aufprall eines Lederballs, der vom Korbbrett abprallte. Harley Gill, der Junge, der wie er aussah, der Junge, den er gerettet hatte, ohne sich daran erinnern zu können. Jacks heimlicher Schatten in all den Jahren. Der ihn stalkte. Und der Jacks Sünden und die Sünden der Menschen ringsum in Mordmotive verwandelte.

Jack trat auf die Bremse und kam hinter einem Traktor zum Stehen, der vor einer roten Ampel hielt. Verzweifelt drückte er auf die Hupe. Dann kramte er nach seinem Handy und rief Catherine an.

»Es ist Sam!«, rief er hinein, als sie dranging.

»Wer?«

»Harley Gill, er hat Dean. Sag Chen, sie soll sich alle verfügbare Verstärkung holen und zur Pioneer Bridge kommen.«

Während die Worte nur so aus Jacks Mund sprudelten, wurde ihm klar, dass er bereits zum dritten Mal versuchte, in Panik jemandem einen Mord anzuhängen und Chen davon zu überzeugen. Sie würde ihm niemals glauben. Er versuchte sich zu beruhigen.

»Sag ihr, dass ich Beweise habe!«, verlangte Jack.

»Was für Beweise?«

Ihm wurde klar, dass sie ihm vielleicht auch nicht glauben würde. »Sag ihr, ich hätte dir mitgeteilt, dass es auf der Pioneer Bridge zu einer Geiselnahme kommen wird«, antwortete er deshalb nur.

Solange sie auftauchten, war es Jack gleichgültig, ob Chen, Scanlan oder wer auch immer ihn für den Mörder hielten. Wenn nur Dean in Sicherheit war.

Er wich dem Verkehr aus, überfuhr die doppelte gelbe Linie in den herannahenden Verkehr und raste gegen die Zeit zu jenem Ort, an dem alles begonnen hatte.

45

Die Augenbinde saß fest und drückte. Er fühlte sich benommen und bemühte sich um jeden Anhaltspunkt, der ihm einen Hinweis darauf gab, wo er sich befand. Sie waren seit über einer halben Stunde vom Campus aus unterwegs und jetzt an einem Ort angelangt, an dem der Wagen häufiger anhalten musste. Vermutlich weil es Ampeln und Verkehr gab, doch im Lieferwagen konnte er nur wenig hören. Plötzlich blieb der Wagen stehen. Er rollte über den Boden und schlug gegen die Tür. Immer wieder trat er mit beiden Füßen dagegen und hoffte, so viel Lärm zu machen, dass man ihn von draußen hörte. Dann spürte er, wie der Wagen sich wieder in Bewegung setzte und er in eine andere Richtung rutschte. Die Stricke schnitten ihm in die Handgelenke, und verzweifelt versuchte er sie zu lösen. Seine Finger waren wie taub. Er wollte schreien, irgendeinen Laut von sich geben, damit ihn jemand hörte, aber durch das Klebeband auf dem Mund brachte er nur ein leises Brummen zustande.

Er hatte panische Angst davor, dass er irgendwohin gebracht wurde. Die Machtlosigkeit, die ihn überkam, war nichts im Vergleich zu dem schrecklichen Gefühl, das ihn packte, als der Wagen plötzlich anhielt und der Motor ausgeschaltet wurde. Dean spürte die Stille, die alles umgab. Die Augenbinde erhöhte noch die Schwärze vor seinen Augen. Er dachte an seine Schwester. Und er dachte daran, dass man ihm immer wieder eingebläut hatte, nie zu einem Fremden ins Auto zu steigen, zu schreien oder sich zu wehren. Dass man ihm eingebläut hatte, dass man nie mit jemandem zu einem zweiten Ort fahren solle, wenn man überleben wollte.

Nichts davon hätte ihm an diesem Tag geholfen.

Er hörte, wie die Fahrertür zufiel und die hinteren Türen aufgerissen wurden. Frische, feuchte Luft, die nach Tannennadeln roch, strömte herein. Sie waren durch die Stadt gefahren und bei einem Gewässer oder in einem Wald gelandet.

Kräftige Hände packten ihn an den Schultern und zogen ihn hoch, kurz darauf spürte er die Klinge am Hals. Er zitterte.

»Ich öffne jetzt die Fesseln«, sagte eine ihm vertraute Stimme. Sie klang freundlich, aber kühl. »Aber wenn du dich ohne meine Erlaubnis bewegst, schneide ich dir die Kehle durch. Hast du das verstanden?«

Dean nickte fast unmerklich.

»Du warst schon immer ein cleveres Bürschchen«, sagte er. »Ein Blitzgneißer. Wenn ich es dir sage, gehst du vor mir her. Ich führe dich.«

Zuerst befreite er Dean von seinen Fußfesseln, sodass er vor dem Lieferwagen stehen konnte. Sie befanden sich auf festem Untergrund. Dann löste er die Fesseln um seine Hände und drückte ihm das Messer in den Rücken. »Jetzt lauf!«, sagte er und hielt Dean hinten am Gürtel fest.

Das Messer trieb Dean voran, blind und benommen stolperte er so lange vorwärts, bis seine Schritte auf metallischem Boden widerhallten.

»Jetzt fass nach oben!«, verlangte er, und Dean spürte die Sprossen einer Metallleiter unter den Händen. »Wir klettern jetzt.« Deans Hände waren von den Fesseln wie taub, sodass er sich kaum an den Sprossen festhalten konnte. Der Killer presste sich an Deans Rücken, umfing ihn mit den Armen und hielt auch die Sprossen fest, sodass er ihn mit der Kraft seines Körpers an die Leiter drückte.

Langsam kletterten sie gemeinsam die Leiter hinauf. Dean hörte Vogelgezwitscher und bemühte sich, irgendwelche Verkehrsgeräusche zu identifizieren, die ihm sagten, wo er war. Kletterten sie an einem Gebäude hoch? Oder an einer Feuerleiter? Vielleicht. Sie erreichten eine Plattform und blieben stehen, und wieder drückte sich die Messerklinge an Deans Hals. Kurz darauf war er abermals an den Händen gefesselt. Sie gingen weiter und gelangten zu einer Metalltreppe. Und während er die Stufen hinaufstieg, spürte er wieder das Messer im Rücken.

»Du hättest ein ganz anderes Leben führen können, das weißt du«, sagte er. »Du hättest ehrlich sein können, dann säßest du jetzt wieder im Uhrmacherkurs. Aber das ist wie bei deiner Schwester. Auch sie hätte ihre Eltern respektieren, ihren Vater und ihre Mutter ehren sollen, dann wäre auch sie heute noch hier.«

Dean versuchte, schneller vor dem Messer herzulaufen, vielleicht konnte er dann nach hinten treten und so tun, als stolperte er auf den Stufen. Krampfhaft dachte er über alles nach, was ihm helfen konnte. Doch die Hand am Gürtel riss ihn grob zurück, und wieder spürte er die Klingenspitze.

»Oh, wie ich sehe, hast du Angst! Aber wer hat mir deiner Meinung nach geraten, dass ich das tun soll? Wer hat mir befohlen, so gegen dich vorzugehen?«

Am liebsten hätte Dean seine Ohren verschlossen.

»Wenn dir jemand eine Frage stellt, hast du die Wahrheit zu sagen. Du nimmst das Gesetz nicht einfach selbst in die Hand. Du redest nicht falsch Zeugnis wider deinen Nächsten.«

Sie schienen das Ende der Treppe erreicht zu haben. Dean spürte Sprühregen und eine kühle Brise auf den nackten Armen und am Hals. Grobe Hände packten ihn, und er wurde gegen die Metallleiter gepresst.

»Wenn du dich jetzt bewegst, auch nur einen Schritt in irgendeine Richtung wagst, dann stürzt du in den Tod.«

Der Killer drückte die Klinge sanft in Deans Seite, durchbohrte seine Kleidung und hinterließ einen oberflächlichen Schnitt. Dean spürte einen Stich, dann sickerte ihm warmes Blut durch die Haut. Jetzt war er wieder gefesselt, diesmal um den Hals. Der Strick wurde nach oben gezogen. Dean drückte sich mit dem Rücken flach gegen die Leiter und richtete sich ganz auf. Er grunzte und verfluchte innerlich das Klebeband.

Dann spürte er plötzlich keine Klinge mehr, sondern nur noch den Strick, mit dem er an Ort und Stelle festgehalten wurde. Seine Hände lagen gefesselt auf dem Rücken, und er hatte etwas um den Hals, das sich wie eine Schlinge anfühlte und ihn daran erinnerte, dass er aufrecht stehen musste.

»Hörst du das?«

Dean hörte ein Klicken, als würden zwei Steine gegeneinandergeschlagen.

Dann spürte er, wie die beiden harten Steine auf die Augenbinde und in seine Augenhöhlen gepresst wurden. »Weißt du, was das ist?«

Dean fing an zu zittern.

»Dies sind deine neuen Augen. Du behauptest, mit diesen Augen deinen Vater gesehen zu haben. Nun brauchst du sie nicht mehr.«

46

Jack erreichte die Pioneer Bridge und sah die rostüberzogene Brückenruine vor sich. Nur eine halbe Meile entfernt rauschte der Verkehr vorbei, aber die alte Brücke lag stumm und verlassen vor ihm. Braune Tannennadeln und Abfall knackten unter seinen Füßen, als er auf sie zuging. Die Luft war frisch und schmeckte salzig. Hektisch suchte sein Blick den Brückenbogen ab, doch als er niemanden sah, spähte er zum Kieselufer und ins stahlgraue Wasser hinunter. Der Horizont klaffte vor ihm auf, und der Boden unter ihm schien zu versinken, als wäre die Brücke eine durch Zentripetalkraft angetriebene Hochschaubahn.

Dann wurde es plötzlich still. Prüfend betrachtete er die Brücke in ihrer ganzen Länge, suchte nach einer Person, nach einem Auto. Plötzlich blitzte etwas Weißes vor ihm auf, und er hatte das Gefühl, noch immer die gekrümmte Leitplanke zu sehen, durch die der Bus in die Tiefe gestürzt war. Aber es handelte sich nur um eine optische Täuschung.

Dann hörte er ein kratzendes Geräusch, das vom Eisengerüst widerhallte. Er eilte zum Rand und sah hinunter. Durch das Gitter des Fußwegs hindurch entdeckte er sie unter sich. Dean hatte eine Binde vor den Augen und war an das Brückengerüst gefesselt. Eine Schlinge, deren Strick an der Sprosse einer Eisenleiter befestigt war, lag ihm um den Hals. Deans Hände befanden sich auf dem Rücken, er konnte sich nicht bewegen. Neben Dean stand schlank, gelenkig und ganz in Schwarz gekleidet Harley Gill alias Sam, der ihm etwas Unverständliches zuflüsterte und dabei mit der Messerklinge über die Binde strich, die Deans Augen bedeckte.

Ein Kieselstein fiel klirrend zu Sams Füßen herab, und er hob den Kopf.

Freundlich wie immer sah Sam mit glänzend dunklen Augen zu Jack herauf, hielt das Messer in der Hand und strahlte ihn an. Er winkte Jack herbei, als wollte er einen engen Freund begrüßen und an den Strand bitten.

»Jack!«, rief er und lachte herzlich. »Na endlich!«

Dean wandte den Kopf nach oben, zuckte dann aber zurück und musste schrecklich husten. Jack schnürte es den Magen zusammen.

»Sam!«, rief Jack im Bemühen, die Situation nicht aus dem Ruder geraten zu lassen und den Killer nicht zu verärgern. »Schön, dich zu sehen.« Er sah die Stufen auf der schmalen Treppe, stieg vorsichtig die Wartungsbühne hinunter und ließ Dean nicht aus den Augen. Er trug keine Waffe bei sich, sondern hatte nur den Stein in der Tasche, den er aus dem Handschuhfach mitgenommen hatte.

»Wir haben auf dich gewartet«, sagte Sam, sobald Jack auf gleicher Höhe mit ihm stand. Er schob die Messerklinge unter Deans Augenbinde und schnitt sie schwungvoll durch, als würde er ein Geschenk öffnen. Dean blinzelte und sah seinen Vater an. In seinem Blick spiegelte sich eine bedenkliche Mischung aus Angst und Erleichterung. Ein dünnes Blutrinnsal tropfte ihm seitlich am Gesicht herab.

Dann zog Sam das Klebeband von Deans Mund, während Jack dabei zusehen musste, wie Dean sich vor Schmerz krümmte und ihm das Klebeband kleine Hautfetzen von den Lippen riss. Er keuchte, und rosa gefärbter Speichel tropfte ihm aus den Mundwinkeln. »Dad!«, krächzte er und musste abermals husten.

Tränen des Schmerzes und der Wut stiegen Jack in die Augen. Er sah die Blutspritzer auf Deans Hemd.

»Du bist wirklich clever«, sagte Sam. »Es war schlau von dir, bis gestern abzuwarten, um mir das letzte Zeichen zu senden. Ich dachte schon, es würde gar nicht mehr passieren und wir würden unsere Chance verpassen.«

»Sam, was willst du damit sagen?«, fragte Jack und versuchte die Situation so lange wie möglich hinauszuzögern, bis sein aufmerksames Reporterauge alles gescannt hatte. Der schmale Absatz, auf dem sie standen, war kaum breiter als ein Durchgang. Drei oder vier Stufen zu beiden Seiten, kein Geländer. Seine Stimme klang, als käme sie von irgendwo außerhalb seines Körpers.

»Vierzig Jahre!«, kreischte Sam hysterisch. »Kaum zu glauben, dass wir seit vierzig Jahren gemeinsam auf derselben Reise sind, nicht wahr?« Er nahm das Messer und drückte die Spitze gegen Deans rechten Augenwinkel. Dean blieb reglos stehen und wurde blass vor Angst. Mit kühler Neugier beobachtete Sam, wie ihm die Farbe aus dem Gesicht wich. »Jack, du hast mich gerettet, und ich habe die Jahre damit verbracht, die Sünder aus deinem Umfeld zu entfernen.«

»Das ist eine lange Zeit«, sagte Jack und versuchte Augenkontakt mit Dean zu halten, ihn zu beruhigen und dafür zu sorgen, dass Sam weiterredete. Vor seinem geistigen Auge sah er Chen, wie sie sich mit plärrenden Sirenen einen Weg durch den Verkehr bahnte. Dann rückte er auf der schmalen Plattform über dem Wasser dichter an Sam heran.

»Ein letzter Sünder, den es auszuschalten gilt, dann sind wir auf dem Weg ins Gelobte Land. Alles wird anders sein«, sagte Sam, und seine Augen füllten sich mit Tränen. Er rückte den Winkel der Messerklinge zurecht, als würde er überlegen, wie er am besten Deans Auge herausschneiden könnte.

Jack rückte näher an seinen Sohn heran, der jetzt seine ganze Aufmerksamkeit auf Sam gerichtet hatte. Er stand fast neben ihm.

»Die letzte Ehre überlasse ich dir«, erklärte Sam.

Blut tropfte an Deans Schläfe herab, die Klingenspitze hatte ihn noch einmal verletzt.

»Danke!«, sagte Jack, streckte seinen kräftigen Arm und seine Hand mit der Handfläche nach oben aus, um das Messer in Empfang zu nehmen. Seine Finger waren nur wenige Zentimeter von Sams Ellbogen entfernt.

In diesem Moment verwandelte sich Sams Gesichtsausdruck, blanke Wut verzerrte seine Züge. Er packte das Messer und zielte auf Deans Herz. Er neigte den Arm und holte aus.

Jack trat einen halben Schritt zurück. Die Brücke geriet ins Schwanken und schien auf ihren Fundamenten zu verrücken.

»Ich habe deine Hingabe immer bewundert«, sagte

Jack schnell und in verschwörerischem Ton. »Deine Gottesfurcht. Eine Weile habe ich mich sogar gefragt, wie du meine Zeichen lesen konntest.«

Bei diesen Worten schien Sam sich wieder zu entspannen. »Ich habe dich begleitet«, sagte er. »Ich war nie weit von dir entfernt. Ich habe gelernt, dich im Geiste zu verstehen, auch mithilfe meiner Computer und Kabel. Ich habe gelernt, unsichtbar zu werden, damit wir die Abende gemeinsam verbringen konnten. Ich habe von deinem Schmerz erfahren und gesehen, dass es mein Schmerz war. Ich habe begriffen, dass dein Plan mein Plan war. Du hast mich aus einem bestimmten Grund gerettet, und ich habe gelebt, weil ich nicht sterben konnte.« Er lächelte wie zu sich selbst und sprach in eisigem Flüsterton. »Ich kann nicht sterben.«

»Ich sollte dich Moses nennen«, sagte Jack und sah, wie Sam gedankenverloren das Messer senkte. »Du zeigst mir den Weg.«

Sam lächelte. »Nein, Jack«, sagte er und lachte kurz auf. »Du hast die Wasser geteilt. Hier. Dicht unter uns. Du hast mir den Weg gezeigt, aber nur ich habe das ewige Leben erhalten.«

Jack rückte näher auf seinen Sohn zu.

»Nein, mein Freund«, fuhr Sam fort. »Unsere Wege trennen sich hier. Ich werde dich bei deinen Kindern lassen.«

Bei dem Wort *Kinder* stieß Jack einen gewürgten Laut aus. Entsetzt sah Dean seinen Vater an, sein Hemd war voller Blutflecken, und krampfhaft bemühte er sich, mit dem Strick um den Hals nicht ins Straucheln zu geraten.

»Oh, das wusstest du nicht«, sagte Sam. Ein Ausdruck

der Freude lag auf seinem Gesicht, als würde er einem geliebten Menschen ein Geschenk überreichen. »Das mit den Steinen, auf denen wir hier unten lagen, hast du nicht gewusst. Mit den Steinen, die ich sortiert und liebevoll graviert habe. Hier habe ich Sophia begraben. Hier habe ich sie wie ein Lamm geschlachtet und verbluten lassen.«

Bei diesen Worten stürzte Jack los, rammte Sam einen Ellbogen ins Gesicht und brachte ihn aus dem Gleichgewicht. Auf der engen Plattform brach Sam in die Knie, hielt aber weiterhin das Messer in der Hand. Mit tauben Fingern versuchte Dean die Knoten im Strick um sein Handgelenk zu lösen, ohne Erfolg.

Jack trat nach unten, zielte auf Sams Gesicht, traf ihn aber an der Schulter. Er verspürte einen stechenden Schmerz, als Sam die Messerklinge von hinten tief in sein Bein rammte. Jack fiel auf die Knie und griff in seine Tasche. Er packte den Stein, in den die Gebote eingeritzt waren, holte aus und versuchte, Sam ins Gesicht zu schlagen, doch er verpasste ihm einen Schlag an die Schläfe. Sam wandte sich zur Seite und schlitzte mit dem Messer Jacks Kleidung auf, Jack fiel der Stein aus der Hand. Seine Kleidung hing in Fetzen herab, aber er verspürte keinen Schmerz. Er packte Sams Handgelenk mit einem Hebelgriff, drückte es nach hinten und zwang ihn so, die Hand zu öffnen. Das Messer fiel klappernd auf die Eisenplattform und rutschte auf Deans Bein zu. Ungeachtet der Schlinge um den Hals beugte Dean sich vor, trat gegen das Messer und schickte es in hohem Bogen durch die Luft über dem Wasser. Als der Druck um seinen Hals immer stärker wurde, musste er würgen. Sein Gesicht lief rot an.

Nun ging es nur noch um pure Kraft. Stein und Messer waren zur Seite getreten worden, aber Sam war schwerer als Jack. Er war fitter und völlig in seinen irren Fantasien gefangen.

Die Männer packten einander auf dem Eisendeck, und Jack hörte, wie Dean so laut wie möglich Worte hervorzuwürgen versuchte. »Hier, hier oben!« Sein Gesicht war mit Blut bedeckt, das aus einer Wunde neben dem Auge sickerte. Zu seinen Füßen rauften Jack und Sam und rollten auf dem schmalen Gitter der Brücke hin und her, von der sie als Kinder hinuntergesprungen waren.

Sam war jetzt über Jack, drückte ihm die Hände um den Hals und presste ihn nieder. Jack wehrte sich und wollte unter ihm hindurchschlüpfen oder zumindest sie beide von der Kante stoßen. Auch wenn sie den Sturz nicht überlebt hätten.

Er stieß sich bis zum Rand der Plattform vor und zog Sam mit sich. Er war kurz davor, das Bewusstsein zu verlieren, und sah nach oben in das gequälte Gesicht seines Sohns.

Dann hörte er einen einzelnen Schuss und das Zischen einer Kugel, die auf Metall traf und abprallte. Der Strick um Deans Hals löste sich und fiel auf das Eisendeck. Jack flehte ihn an, er solle losrennen, doch Dean stürzte vor und trat Sam mit aller Kraft seitlich so heftig gegen den Kopf, dass dieser durch die Luft wirbelte und von der Brücke fiel. Die Schwerkraft zog ihn blitzschnell nach unten, und er zerschellte auf den Steinen in der Tiefe.

47

Dean kniete neben seinem Vater und half ihm auf. Seine Hände waren blau, Blut strömte ihm über das Gesicht. Beide standen keuchend auf den Brückenpfeilern, während der Wind an ihrer zerschlissenen Kleidung zerrte.

Catherine und Amy Chen standen unten und starrten vom Ufer zu ihnen herauf. Chen hielt noch immer ihre Waffe in der Hand. Die Sirenen aus der Ferne kamen immer näher.

Sie stiegen die Eisenleiter hinunter zum Kieselstrand, liefen nebeneinanderher und waren dankbar, noch am Leben zu sein.

Sams Körper lag wie ein Fleischklumpen in der Ferne am Strand, der sich rot gefärbt hatte.

Als der Krankenwagen parkte, sprang Emily heraus und rannte in Stiefeln und Uniform auf sie zu. In ihrem Gesicht spiegelten sich Kraft und Professionalität, während sie mit ihrem Blick die Umgebung absuchte. Als sie die beiden sah, schrie sie vor Freude auf, rannte auf sie zu und schlang die Arme um ihren Sohn. Jack umklammerte ihr Haar, sie weinten gemeinsam und hielten ihr Kind zwischen sich.